ສະບາຍດຸ...
ຢູຕາກວ່າໄດ້, ...
ສັກ, ຢູຕຶ້ງ... ...
ຄົປງາມ, ໃຈດີ... ຂອ້ງການປະເທດລາວ
ຫຼາຍ, ຂອງປະການມາດເລີຢູ່ໃຫ້ຢູ່ລາວຫາແຕ່
ງເຄິຫຼ໌ເປນໄປບໍ່ໄດ,ເພາະວ່າຂອຍເປນຄົນ
ຝລັ່ງເສດ.

ຂວນໃຈເດ໌ !

thanks ! :-~ Thannes.
a gavar !
sabaidee ! I'm very happy, I went
to e.tu at Paksong distriest,
champasak province, here very
Beautiful, good fest of Lao
coffee and friendly People, I Live
Lao very Much, I would like to stay
in Lao forever but not possible
beaunage I'm french.

LA COMTESSE DE PIMBÊCHE

Pierre Larousse

LA COMTESSE
DE PIMBÊCHE
et autres étymologies curieuses

Éditions Manucius

Cet ouvrage a paru en 2005 aux Éditions Manucius
sous le titre *Petit Dictionnaire des étymologies curieuses*.

TEXTE INTÉGRAL

ISBN 978-2-7578-0423-0
(ISBN 2-84578-047-8, 1re publication)

© Éditions Manucius, 2005

LE GOÛT DES MOTS

UNE COLLECTION DIRIGÉE PAR PHILIPPE DELERM

Les mots nous intimident. Ils sont là, mais semblent dépasser nos pensées, nos émotions, nos sensations. Souvent, nous disons : « Je ne trouve pas les mots. » Pourtant, les mots ne seraient rien sans nous. Ils sont déçus de rencontrer notre respect, quand ils voudraient notre amitié. Pour les apprivoiser, il faut les soupeser, les regarder, apprendre leurs histoires, et puis jouer avec eux, sourire avec eux. Les approcher pour mieux les savourer, les saluer, et toujours un peu en retrait se dire je l'ai sur le bout de la langue – le goût du mot qui ne me manque déjà plus.

Ph. D.

NOTE DE L'ÉDITEUR

Ce petit dictionnaire que nous vous présentons ici est extrait du *Jardin des racines latines* (*à l'usage des écoles normales et supérieures, des lycées, des pensionnats de jeunes filles de l'enseignement primaire supérieur, livre de l'élève*), manuel scolaire conçu par Pierre Larousse, dont la première édition date de 1860[1].

Pierre Larousse y développe une méthode lexicologique articulée autour de la syntaxe et du vocabulaire.

Nous avons choisi de ne publier que la partie réservée à l'étude étymologique, charmant petit dictionnaire subjectif où l'auteur se plaît à recenser un certain nombre de mots curieux dont les fortunes les plus diverses méritent une attention toute particulière. Le lecteur contemporain savourera avec une gourmandise souvent amusée la destinée de ces mots qui nous sont parfois devenus étrangers. Pourtant, comme l'exprime avec force

---

1. Répertoriée par la BNF.

l'auteur dans sa préface, il ne faut pas voir dans cet exercice étymologique qu'une récréation divertissante ; les enjeux de la langue sont essentiels, le bon apprentissage du langage demeure la condition première de la réussite de l'élève. Plus d'un siècle plus tard, la problématique liée au bon usage de la langue demeure la même. Et s'il fallait s'en convaincre, laissons le dernier mot à Pierre Larousse dont le discours pédagogique volontariste trouve un écho très actuel dans les débats qui agitent l'école et ses méthodes d'enseignement.

« La langue n'est pas un instrument comme le marteau, la scie, le vilebrequin […] c'est au contraire une machine extrêmement compliquée dont il faut se rendre compte, dont il faut avoir étudié toutes les parties, tous les ressorts, et qu'il faut pouvoir démonter et remonter en quelque sorte pièce à pièce […] Le lycéen, par la lecture comparée des auteurs français et des classiques grecs et latins, étudie la nature intime, le caractère propre des mots. En remontant à l'origine, il découvre la cause première qui leur a fait donner telle forme plutôt que telle autre, et cette langue qu'il parle et qu'il écrit en maître devient l'esclave docile de sa pensée et lui obéit comme le cheval obéit à l'écuyer. On le voit, l'étymologie est une partie essentielle des études qui ont la langue pour objet. […] Nous voulons diminuer un peu l'inégalité que tout le monde remarque entre l'éducation classique et l'éducation élémentaire ou industrielle dans un siècle et chez un peuple où, par un principe de justice, toutes les inégalités de race ont été supprimées. Dans l'accomplissement de cette tâche, tous ceux qui aiment le progrès doivent nous tendre la main. "La connaissance des mots conduit à la connaissance des choses" (Platon). Notre livre est donc le vrai dictionnaire de la langue française ; c'est-à-dire qu'il en enseigne les mots non plus comme le font les dictionnaires, au hasard et d'une façon tout empirique, mais il donne la science des mots comme la grammaire donne la science des règles. Quiconque a étudié cet ouvrage possède la raison des mots [...] Il peut lire enfin, il peut parler[1]. »

1. Larousse Pierre, *Jardin des racines latines*, Préface, Paris, Librairie Larousse, 1860.

A

ACARIÂTRE. D'humeur fâcheuse. Il se rattache à ce mot une tradition anecdotique que nous donnons pour ce qu'elle vaut. Saint Acaire, évêque de Noyon, appelé en latin *Acarius*, passait autrefois pour avoir la puissance de guérir l'humeur des personnes aigres et querelleuses, qu'on menait en pèlerinage à sa chapelle, témoin ces vers d'un ancien poète :

> *Tu serais plus hors de sens*
> *Que ceux qu'on mène à saint Acaire.*
>
> (Eustache Deschamps)

On a induit de là que le mot *acariâtre* pourrait bien venir du nom de saint Acaire. *Acariâtre*, qu'on trouve écrit *achariâtre*, ne peut raisonnablement venir que du grec *a* privatif et *charis*, grâce, étymologie qui répond pleinement au sens intime du mot français. Toutefois plusieurs étymologistes le font venir de l'espagnol *cara*, visage, et du latin *ater*, noir, sombre.

AMADOU. AMADOUER. Dans la *Revue de l'Instruction publique* du 21 juin 1860, M. Charles Nisard donne de ces mots l'étymologie suivante : « Les anciens argotiers, ceux du moins qui avaient établi leurs pénates dans la cour des Miracles, et dont la profession était de vivre d'aumônes en simulant des infirmités, exprimaient la substance particulière au moyen de laquelle ils se faisaient paraître jaunes et malades par le mot *amadou*… Quel était le but de cette grimace, sinon d'attirer les regards, d'exciter l'intérêt des passants, de les toucher, de les attendrir, de les *amadouer*. »

Voilà une opinion qu'il nous est impossible de partager. L'*amadou* est une sorte d'agaric[1] extrêmement doux au toucher. Ce mot est évidemment composé de l'adjectif *doux*, de la préposition *à*, et du vieux substantif *man*, pour *main* ; mot à mot, *doux à la main*. *Amadouer* est de la même famille. Qu'est-ce, en effet, qu'*amadouer* quelqu'un ? c'est le flatter, le caresser pour le rendre plus doux, plus traitable, plus bienveillant, plus facile. On peut ajouter que c'est le prendre en *douceur* avec des paroles aussi douces que l'*amadou*.

AMIRAL. Chef d'une armée navale. Ce mot, d'origine arabe, a été formé d'une manière très bizarre. Dans les autres mots empruntés à cette langue,

---

1. Note de l'éditeur : l'agaric est un champignon à chapeau et lamelles.

l'article, quand nous l'avons accolé au substantif, le précède ; ici, au contraire, il le suit : *amir-al*. Cela vient de ce que *amiral* n'est qu'une altération de *émyr albahir*, chef de la mer, dont on a conservé le premier mot en le faisant suivre de l'article du second.

AOÛT. Ce mot est une corruption d'*Auguste*. Le mois d'août s'appelait *sextilis* chez les Romains ; Auguste lui donna son nom parce que c'est dans ce mois qu'il fut élu consul, qu'il reçut pour la troisième fois les honneurs du triomphe, qu'il se rendit maître de l'Égypte, et qu'il mit fin à la guerre civile. Voltaire, par raison d'euphonie, ne se servait que de l'appellation *Auguste* ; il est fâcheux que le grand écrivain n'ait pas eu d'imitateurs ; car *Auguste* eût été préférable au mot *août*, peu harmonieux dans l'expression *mi-août*, et aurait coupé court aux difficultés relatives à la prononciation de ce mot et de ses dérivés, sur laquelle on ne s'accordera peut-être jamais.

APANAGE. Ce mot est formé de la préposition latine *ad* et de *panis*, pain. L'apanage consistait, en effet, en des terres ou revenus qu'on donnait à des cadets de famille ou à des fils de rois, pour fournir le pain et toutes les choses nécessaires à leur entretien. Les *apanages* n'ont été connus que fort tard, sous les rois de la troisième race. Auparavant, les fils de France partageaient le domaine de la couronne avec leur frère aîné.

ARGOT. Langage de convention, intelligible seulement pour ceux qui le parlent, pour les initiés. L'étymologie de ce mot a été une des plus disputées. Suivant Furetière, *argot* viendrait du nom de la ville d'*Argos*, parce que l'*argot* renferme un certain nombre de mots grecs. Cette étymologie ne saurait être prise au sérieux. Le Duchat fait dériver *argot*, de *Ragot*, fameux bélître du temps de Louis XII. Cette explication n'est pas plus plausible que la précédente. Le mot familier *ragot*, bavardage, n'a aucun rapport de sens avec argot, langage mystérieux à l'usage d'une certaine classe d'individus. Il est encore moins admissible de prétendre, comme on l'a fait, qu'*argot* vient du latin *ergo* (donc), mot qui n'était guère connu hors des écoles. L'origine proposée par M. Génin nous paraît la plus raisonnable, parce qu'elle s'adapte d'une manière complète au sens même du mot *argot*, preuve la plus sûre d'une bonne étymologie. *Argot* ne serait autre chose, suivant lui, qu'une altération du mot *jargon* (en italien *gergo*), qui a la même signification. *Gergo* serait lui-même un dérivé du grec *hieros* (sacré). *Argot*, le même que *gergo*, serait donc de fait et littéralement une langue sacrée, connue des seuls initiés et inintelligible aux profanes.

ARLEQUIN. Personnage comique de théâtre, portant un masque noir, un chapeau gris et un habit bigarré de pièces de rapport. Selon Roquefort, *arlequin* vient de l'italien *il lecchino*, *al lecchino*, gourmand, lécheur de plats. Selon Ménage, il faudrait rapporter l'origine de ce nom à un fameux comédien italien qui vint à Paris sous le règne d'Henri III. Comme il allait souvent dans la famille *de Harlay*, ses compagnons l'appelèrent *Harlecchino*, c'est-à-dire petit *Harlay*, nom qui est demeuré aux acteurs bouffons, dont le rôle est de divertir le peuple par leurs plaisanteries.

ARTILLERIE. Partie du matériel de guerre qui comprend les bouches à feu et leur train. On a donné à ce mot plusieurs étymologies ridicules, entre autres la suivante. Un moine, Jean Tilleri, inventeur de la poudre, aurait eu l'honneur de donner son nom à l'artillerie (*art de Tilleri*).

Une autre opinion fait dériver ce mot du latin *ars telorum*, art des armes ; mais *artillerie* existait bien avant la poudre à canon. Il vient du vieux français *artiller*, manœuvrer avec *art* :

Avoit faict un chasteau fermé,
Qui moult estoit bien bastillé,
Si fort et si bien artillé
Qu'il ne craignoit ni roi ni comte.

(Le dit du Baril, XIVe siècle)

Artillerie, dérivé de *artiller*, n'eut d'abord que le sens de machines de guerre : « Tous s'émerveilloient que si hautement et sagement elle se comportast en fait de guerre, comme si c'eust été un capitaine qui eust guerroyé l'espace de vingt ou trente ans, et surtout en l'ordonnance de l'*artillerie*. » (*Procès de Jeanne d'Arc*, XVᵉ siècle.)

ASSASSIN. On croit généralement que nous devons cette expression aux langues orientales, mais on n'est pas d'accord sur le mot qui nous l'a fournie. Sacy prétend qu'*assassin* vient de l'arabe *haschischin*, sectaires de Syrie que le Vieux de la Montagne employait à tuer ses ennemis. Joinville assure, au contraire, qu'il vient de *hassas*, mot employé dans la Syrie et dans la basse Égypte pour désigner un voleur de nuit, un homme de guet-apens.

AUJOURD'HUI. Ce mot est formé de *au jour de hui*. Autrefois, on ne disait que *hui*, dont la signification était la même, venant du latin *hoc die*. Ce mot sans doute parut trop court, et l'on y ajouta l'expression redondante *au jour*; ce qui fait qu'*aujourd'hui* est maintenant l'équivalent de *au jour de ce jour*. Mais ce pléonasme n'est pas encore suffisant pour le peuple, qui ne craint pas de dire *au jour d'au jour d'hui*. Il nous souvient même d'avoir entendu *au jour du jour d'aujourd'hui*. Le peuple aime le pléonasme et il dirait volontiers : *Un tel, né natif de…, a au jour du jour d'aujourd'hui quarante ans d'âge.*

B

BADAUD. Niais qui regarde tout, admire tout. Ce mot vient du latin barbare *badaldus*, dérivé de *badare*, qui signifie *béer*, *bâiller*, avoir la bouche *béante*, habitude de ceux qui s'extasient sur toutes choses.

BAGUENAUDER. S'amuser à des riens. Cette expression est venue de l'usage où sont les écoliers de crever les gousses du *baguenaudier* pour produire une petite explosion.

BAMBOCHES. De l'italien *bamboccio*, marionnette plus grande que les marionnettes ordinaires. On donna le nom de Bamboche ou Bamboccio à un peintre flamand fort contrefait et qui excellait lui-même à peindre des figures grotesques auxquelles il se plaisait à donner l'empreinte de ses propres difformités. Depuis, tous les tableaux du genre auquel il s'était adonné prirent le nom de *bamboches*, *bambochades*.

Des folies en peinture, ce mot a été transporté aux folies en morale ; et *faire ses bamboches*, c'est se permettre de grosses facéties, de mauvaises pointes ; c'est aussi mener une conduite peu régulière.

BANQUEROUTE. Ce mot, qui signifie faillite, rupture de la banque d'un négociant, vient de l'italien *banco rotto*, banc rompu. On varie sur l'origine historique de ce mot, bien qu'au fond l'étymologie demeure la même. Suivant Gui Coquille, « en Italie d'ancienneté estoit accoutumé que ceux qui faisaient trafic de deniers pour prester, ou pour changer, avaient un *banc* ou table en lieu public. Quand aucun quittait le *banc* (c'est-à-dire disparaissait), se disait que son *banc* estoit *rompu*. » Suivant une autre version, le mot *banqueroute* ne serait plus une expression figurée. La rupture du banc était une chose réelle : c'était une cérémonie humiliante, c'est-à-dire que le *banc* du changeur était *rompu* officiellement sur la place publique.

BATELEUR. Autrefois *basteleur*. Ce mot est un de ceux sur l'origine desquels on est trompé par l'apparence. Un *bateleur*, disent la plupart des dictionnaires, est un charlatan qui fait des tours de passe-passe avec des *bâtons*. D'après cette définition, *bateleur* serait un dérivé de *bâton* ; mais cette étymologie est démentie par les faits. Ces petits ustensiles à l'usage des escamoteurs, qu'on appelle aujourd'hui gobelets, s'appelaient, au XIVe et au

XVᵉ siècle, des *basteaux*. On disait alors *joueur de basteaux*, comme on dit aujourd'hui *joueur de gobelets*. M. Génin, à qui nous empruntons cette remarque, cite à l'appui de son explication des textes qui ne laissent aucun doute sur l'authenticité du vieux mot français *basteau*, quoique l'origine en soit inconnue.

BÉJAUNE. L'étymologie de béjaune, mot qui s'applique à un jeune homme sot et niais, serait introuvable, si l'on ne savait que ce mot est purement et simplement une contraction de *bec-jaune*. Rien n'est alors plus plausible et plus naturel que l'explication qu'on en donne : *montrer son béjaune*, *faire son béjaune*, c'est prouver qu'on n'est encore qu'un enfant, par allusion aux oiseaux niais, non *futés*, qui ne sont pas encore sortis du nid et qui ont le bec jaune.

BIGOT. Dévot outré et superstitieux. De l'anglais *by God*, par Dieu. Mais cette étymologie a besoin d'être expliquée par l'histoire. Les Normands, qui vinrent s'établir en France au commencement du Xᵉ siècle, parlèrent pendant quelque temps la langue de leur pays, idiome qui se rapprochait assez de celui des Angles. Lorsqu'ils voulaient affirmer quelque chose avec force, et donner de l'autorité à leurs paroles, ils les accompagnaient des mots *by God*, par Dieu. *Bey Gott* est l'expression par laquelle Rollon jura qu'il ne baiserait pas le pied de

Charles le Simple. De là le nom de *bigots* que l'on donnait, pendant le Moyen Âge, aux habitants de la Normandie et qu'on a donné dans la suite à ceux qui ont sans cesse le nom de Dieu à la bouche.

BLÉ. Ce mot, autrefois *bled*, en basse latinité *bladum*, signifia d'abord toute sorte de céréales encore sur pied. Cette expression générique fut restreinte dans la suite, et *bled* désigna spécialement la récolte la plus importante pour l'homme, celle qui sert principalement à le nourrir.

Fourrage offre un exemple analogue d'un mot passant d'une signification générale à une signification particulière ; il vient de l'allemand *fuer*, qui signifie *nourriture*, dans l'acception la plus étendue, ou du bas latin *fodrum*, qui se prenait pour les vivres, les substances d'une armée en général, tant pour les hommes que pour les chevaux, ainsi que le prouve notre mot *fourrier*. En passant dans le français, *fourrage* a encore pris un sens plus restreint, puisqu'aujourd'hui il désigne seulement les herbages destinés à la nourriture des bestiaux. (Voir *Viande*.)

BOHÈME, BOHÉMIEN. Vagabond de mœurs déréglées, qui n'a ni feu ni lieu. Ces mots font allusion à ces aventuriers basanés qui courent le pays en exerçant la chiromancie. On les a ainsi désignés parce que les premiers qui parurent en France étaient porteurs de passeports que Sigismond, roi de Bohème, leur fit délivrer en 1417, pour débarrasser d'eux son royaume. Ils étaient, dit-on, originaires d'Égypte, d'où les mameluks les avaient chassés. On n'en voit plus chez nous, mais on en trouve encore dans les autres pays de l'Europe. En Angleterre, on les appelle *gypsies*, mot qui est une corruption de *Égyptiens* ; en Espagne, *gitanos*, et en Italie *zingari*, du nom d'un oiseau aquatique qui n'a point de nid fixe, et qui est forcé de chercher chaque jour un nouveau gîte.

De nos jours, on a donné, par analogie, le nom de bohème à une certaine classe d'artistes qui mènent une vie irrégulière ou qui ont une existence précaire.

BONHEUR. MALHEUR. Ces mots sont formés du vieux français *heur*, signifiant chance, bonne fortune, et des adjectifs *bon*, *mal*. Mais d'où vient le mot *heur* ? Il est tiré du latin *hora*, heure. Nos pères étaient persuadés que le sort d'un homme dépend de l'*heure* de sa naissance et de l'influence des astres sous lesquels il reçoit le jour. En conséquence, ils faisaient tirer l'*horoscope* de leurs enfants pour connaître la destinée qui leur était réservée. On disait primitivement *bonne heure*, *male heure*.

> « *Seigneur, dist le compaignon, mon vrai et propre nom de baptesme est Panurge, et à présent viens de Turquye, où je fus mené prisonnier lorsque on alla à Metelin en la* male heure. »

(Rabelais)

BOULEVARD. Ce mot, sur l'étymologie duquel on a beaucoup disputé, se rencontre, avec de légères modifications, dans toutes les langues d'origine germanique. Il est formé de deux mots tudesques, *bole*, qui signifie tronc, madrier, et *werk*, ouvrage. Un *boulevard* était donc, dans l'origine, un ouvrage de défense construit avec de grosses pièces de bois. Au figuré, il signifie protection, et, par extension, une large rue plantée d'arbres.

BOURSE. Ce mot, servant à indiquer le lieu où s'assemblent, dans les villes de commerce, les négociants, les agents de change et les banquiers, a pour origine l'histoire que voici. À l'extrémité d'une grande place de la ville de Bruges, où les négociants avaient coutume de se réunir pour leurs affaires, demeurait, vers l'an 1530, un noble seigneur de la famille de *Vanderbourse*, dont la maison portait trois bourses pour armoiries. La singularité du nom de cette famille et de ses armoiries, qui d'ailleurs ne convenaient pas mal à des marchands, fit donner à cette place le nom de *bourse*. Les négociants d'Anvers, que des affaires de commerce appelaient fréquemment aux foires de Bruges, s'accoutumèrent peu à peu à appeler *bourse* le lieu où, dans leur ville, ils se réunissaient eux-mêmes, et, au bout de quelques années, les villes de Toulouse, de Rouen et de Londres eurent aussi leur *bourse*.

BRELOQUE. Ce mot à trois acceptions : 1° batterie de tambour pour appeler les militaires aux repas ; 2° déraisonner ; 3° objets, bijoux de peu de valeur. Mais, de ces trois sens, quel est le primitif ? Là commencent les conjectures. Les syllabes bizarres de ce mot, qui ne vient ni du grec, ni du latin, ni d'ailleurs, ne permettent guère d'y voir autre chose qu'une onomatopée, et, cette hypothèse une fois admise, *breloque* a son origine toute naturelle dans cette batterie de tambour, saccadée et irrégulière, sans rythme, sans harmonie, qui appelle les soldats aux distributions de vivres. Passons maintenant à la deuxième acception. Que, dans les exercices ordinaires, un tambour ne batte pas régulièrement le rappel, la retraite, une marche, etc., qu'il fasse une fausse *note*, un plaisant de caserne de s'écrier : « On dirait qu'il *bat la breloque* ! » De là, ce nom donné à tout discours incohérent, sans liaison et sans suite. Reste la troisième acception, qui peut s'expliquer elle-même par une onomatopée, une imitation du bruit que font les *breloques* lorsqu'elles sont agitées par le mouvement de la marche.

BRODER. Ce mot a pour origine le mot *bord*, dont on a fait *border* et, par transposition *broder*, qui, pris dans une acception particulière, signifie orner les *bords* d'une étoffe au moyen de certains enjolivements. (Voir *Tremper* son vin.)

BROSSE. Ustensile propre à nettoyer les habits, les meubles, etc. Les *brosses* se font aujourd'hui le plus ordinairement en soies de cochon ou de sanglier, mais on les faisait autrefois avec de menus brins de bois, de jonc, de bruyère. Ce mot est d'origine celtique. *Brosse, broce, brousse* signifiaient menu bois, buisson. *Brousse* nous a donné *broussailles*.

BROUETTE (autrefois *birouette*). Du latin *bis*, deux, et *rota*, roue, parce que ce petit véhicule à bras avait autrefois *deux roues*. Ce mot a été formé de la même manière que *bissexte, besaiguë, bipède, bissac, besace, balance*. Le nom de la *brouette* actuelle, qui n'a qu'une roue, n'est donc plus en rapport avec l'objet qu'il désigne. On dit encore *birouette* dans les environs de Lyon.

C'est à tort qu'on attribue à Pascal l'invention de la brouette. Au XVIIᵉ siècle, on se servait d'une manière de chaise à porteurs, montée sur deux roues et traînée à bras, que l'on appelait *brouette*, par mépris. Or, l'invention de Pascal consistait en un ressort particulier pour suspendre cette *brouette*, qui n'avait que le nom de commun avec la *brouette* dont se servent nos manœuvres.

BUDGET. État des recettes et des dépenses annuelles d'un État, d'une administration. Nos dictionnaires disent *mot anglais*; cela n'est pas strictement vrai : les Anglais nous l'avaient emprunté, nous l'avons repris : voilà la vérité. Le primitif de *budget* est le mot celtique *bolga*, bourse, petit sac (le cuir), dont le radical se retrouve dans tous les idiomes néo-celtiques : le breton, le gallois, le gaël d'Écosse et d'Irlande. En passant du celtique dans l'ancien français, *bolga* est devenu *bouge*, *bougette* :

> « *Et lui mist on une bonne* bougette *à l'arçon de sa selle, pour mettre sa cotte d'armes.* »

(Comines)

Voici un exemple plus moderne :

> *On peut se passer de mouchettes,*
> *Mais de pincettes, non : je prétends m'en donner.*
> *Et comme dans sa poche on porte des lunettes,*
> *Ainsi pour l'avenir je me fais une loi*
> *De porter partout avec moi*
> *Des pincettes dans mes* bougettes.

(Le P. Du Cerceau)

Le mot *bouge* fut transporté par les Normands, de France en Angleterre, où il devint, par métonymie, *budget*. C'est ce mot, ou plutôt cette nouvelle signification que nous avons empruntée aux Anglais.

BUISSONNIÈRE (école). À une certaine époque du Moyen Âge les écoles de Paris étaient placées sous la surveillance du premier chantre de Notre-Dame, auquel elles payaient une redevance. Mais il y eut plusieurs maîtres, qui, pour s'affranchir de ce contrôle et surtout du droit qu'il fallait payer, s'en allaient avec leurs élèves faire la classe en cachette dans les champs, derrière les *buissons* voisins de la ville ; de là le nom d'écoles *buissonnières* que l'on donna à ces écoles de contrebande. Depuis, le sens de cette locution primitive a bien changé ; car faire l'école buissonnière veut tout simplement dire aujourd'hui ne pas aller à l'école.

Voilà l'explication savante de ce mot. Mais si l'on disait que faire l'école *buissonnière*, c'est aller courir les champs, jouer ou dormir à l'ombre des *buissons*, comme aiment à le faire les écoliers paresseux, cette explication ne serait-elle pas plus simple et par conséquent plus raisonnable ?

BULLE. Nom que l'on donnait autrefois aux actes des princes, et qui ne s'emploie aujourd'hui que pour désigner les lettres du pape. Les anciens Romains appelaient *bulla* un ornement que les jeunes gens de qualité portaient sur la poitrine. On prétend que cet ornement était en usage chez les Égyptiens. Selon Pline, Tarquin l'Ancien est le premier qui donna une *bulle* d'or à son fils, âgé de quatorze ans, pour le récompenser d'un acte de courage. Dans la suite, on donna le nom de *bulles* aux actes des princes, parce que ces actes portaient un sceau d'or, d'argent ou de plomb, qui s'y trouvait attaché et suspendu, de la même manière que les *bulles* étaient suspendues au cou des jeunes Romains. La plus célèbre *bulle* du Moyen Âge est la *Bulle d'or* de Charles IV, qui réglait la forme d'élection à l'Empire.

C

CADAVRE. On a prétendu que *cadavre* est formé des premières syllabes des trois mots CA*ro* DA*ta* VER*mibus*, *chair donnée aux vers*. Cette étymologie est ingénieuse, sans doute ; mais on ne peut guère la considérer que comme une plaisanterie. Cadavre vient du verbe latin, *cadere*, qui signifie déchoir, tomber ; le *cadavre*, en effet, c'est l'homme qui tombe en poussière.

CAGNARD. Lâche, paresseux, fainéant. Ce mot vient du latin *canis*, chien, parce que le chien aime à dormir et à ne rien faire, à se coucher au soleil ou près du foyer. Dans le Midi, on appelle *cagnard* une sorte d'encoignure bien exposée au soleil, où les vieillards, les personnes souffreteuses vont pour se réchauffer. Il en existe à Paris dans le jardin des Tuileries et du Luxembourg, auxquels les familiers ont eu le soin de donner, par euphémisme, l'appellation plus poétique de *petite Provence*. En Bourgogne, *cagne* est un terme injurieux que l'on adresse à un chien. On appelle *cagneux* celui qui a les jambes tournées en dedans, comme celles d'un chien basset à jambes torses.

Presque tous les dictionnaires donnent au mot *caler* le sens figuré de céder, se soumettre, reculer. Bescherelle étend cette signification à *caner*, de *cane*, *canard*, animal, dit-il, qui se plonge dans l'eau au moindre bruit qu'il entend. Nous croyons que l'idée de manquer de courage rattache plutôt ce mot à *cagnard*, et que l'on devrait dire étymologiquement *cagner*, *il cagne*. Cette faute, si faute il y a, doit être attribuée à l'habitude que l'on a d'user de la syncope, dans une conversation rapide : *flème*, *nèfe*, *trèfe*, pour *flegme*, *nèfle*, *trèfle*, seraient dans le même cas.

CALENDES. Le premier jour du mois chez les Romains, du latin *calendae*, fait de *calare*, dérivé du grec *kalein*, appeler, parce que, le jour des *calendes*, on convoquait le peuple pour lui indiquer les fêtes et le nombre de jours qui restaient jusqu'aux *Nones*. Dans le mois romain il y avait trois jours remarquables qui en formaient la division : c'étaient le jour des *Calendes*, celui des *Nones* et celui des *Ides*. Les autres jours prenaient leur dénomination de ceux-là et se comptaient en rétrogradant. Les *Calendes* ayant été inconnues aux Grecs, on a dit : *renvoyer quelqu'un aux Calendes grecques*, pour : le remettre à une époque qui ne viendra jamais.

CAMELOTE. Marchandise mal faite. On fabriquait autrefois avec le poil de chameau (du latin *camelus*) deux sortes de tissus, le *camelin* et le *camelot*. Le *camelin* était une étoffe de prix ; le *camelot*, au contraire, était rude et grossier. De là est venu que, pour désigner une marchandise de qualité inférieure comparativement à des produits de même nature, on a dit : *c'est de la camelote.*

CANARD. Nom d'une anecdote controuvée et invraisemblable, comme on en rencontre fréquemment aux *faits divers* des journaux. On en donne l'étymologie suivante :

Pour renchérir sur les nouvelles ridicules que les journaux de France lui apportaient tous les matins, un journaliste belge imprima, dans les colonnes d'une de ses feuilles, qu'il venait de se faire une expérience très intéressante et bien propre à caractériser l'étonnante voracité du *canard*. Vingt de ces volatiles étant réunis, on hacha l'un d'eux avec ses plumes et on le servit aux autres, qui le dévorèrent gloutonnement. On immola le deuxième qui eut le même sort, puis le troisième, et enfin successivement tous les canards, jusqu'à ce qu'il n'en restât plus qu'un seul, qui se trouva ainsi avoir dévoré les dix-neuf autres dans un temps déterminé et très court.

Cette fable, spirituellement racontée, eut un succès que l'auteur était peut-être loin d'en attendre. Elle fut répétée par tous les journaux de l'Europe ; elle passa même en Amérique, d'où elle revint encore chargée d'hyperboles. On en rit beaucoup, et le mot *canard* resta pour désigner les nouvelles invraisemblables que les journaux offrent chaque jour à la curiosité de leurs lecteurs. L'un des plus célèbres *canards* est le fameux serpent de mer du *Constitutionnel*.

CANCAN (autrefois *quamquam*). Grand bruit pour peu de chose, bavardage médisant.

Des étymologistes prétendent que ce mot n'est qu'une onomatopée du cri maussade et fatigant du *canard*. C'est l'opinion la plus vraisemblable.

D'autres font remonter l'origine de ce mot aux longues discussions qui eurent lieu, au XVIe siècle, dans l'Université, sur la prononciation du latin. Ramus voulait que l'on prononçât *quouamquouam*, et la Sorbonne *kan-kan*. Le Parlement se déclara pour Ramus. De cette dispute viendrait la locution faire un *quamquam*, un *cancan*, c'est-à-dire beaucoup de bruit pour peu de chose.

CAUCHEMAR. Oppression que l'on éprouve parfois pendant le sommeil. Les peuples superstitieux de la Germanie croyaient que le *cauchemar* était produit par un génie malfaisant, qui la nuit venait s'asseoir sur la poitrine et la comprimait de façon à gêner la respiration. Ailleurs, on s'est imaginé que le *cauchemar* doit être attribué à une vieille sorcière qui descend de la cheminée pour venir tourmenter celui qui dort. *Cauchemar* est formé de *mara*, nom donné par les Germains à ce mauvais génie, et du verbe latin *calcare*, fouler, presser.

CHALAND. Ce mot, qui date à peine du XIIIe siècle, servait à désigner les bateaux plats qui transportaient à Paris toutes sortes de provisions et surtout de gros pains mats et blancs, auxquels les Parisiens donnèrent le nom de *chalands*, des bateaux qui les amenaient. Le *chaland* jouant un grand rôle dans le commerce parisien, on appela bientôt *chaland*, non seulement le bateau et sa cargaison, mais l'acheteur qui venait enlever la marchandise, et un commerçant se dit bien *achalandé* quand il y avait beaucoup de *chalands* ou de pratiques qui fréquentaient ses magasins. Le mot nous est resté dans ces deux acceptions. Un *chaland* est encore un bateau plat qui fait le service sur les ports ou sur les rivières ; c'est aussi la pratique, ou, pour parler le langage du jour, le client assidu d'une maison de commerce.

CHANTAGE. Ce mot, qui est nouveau et très usité de nos jours, tire son origine de cette locution familière, qui est ancienne : *faire chanter quelqu'un*, c'est l'obliger à faire, bon gré mal gré, ce qu'il ne veut pas, par allusion, sans doute, à la coutume où étaient nos pères de *chanter* à table au dessert. Il se rencontre toujours quelque convive qui, par timidité ou pour quelque autre motif, se défend d'abord de *chanter* à son tour, mais qui, à force d'instances, finit par s'exécuter. De là est venu manifestement le mot *chantage*, qui signifie : *moyen déloyal de tirer de l'argent de quelqu'un en le menaçant de le compromettre dans sa réputation, s'il ne consent à payer le silence.*

CHAT-HUANT. Suivant la plupart des lexicographes et des étymologistes, *chat-huant* est un terme composé du substantif *chat*, et du verbe *huer* ; ce serait littéralement un *chat qui hue*. Cette étymologie paraîtra au moins douteuse, si l'on considère que l'oiseau que désignent ces deux mots n'a aucun rapport avec le *chat*, et le doute devient une certitude quand on trouve dans nos vieux auteurs *chouant* et, en langue d'oc, *chouana*. *Chouan*, *chouette* étaient simplement des mimologismes du cri de cet oiseau. De *chouant* on a fait *chat-huant*, sans aucune raison et par un de ces caprices qui viennent si souvent corrompre les mots du langage populaire.

Le nom de *chouans*, étendu à tous les insurgés de la Vendée et de la Bretagne, venait des quatre frères Cottereau, contrebandiers fameux, qui furent ainsi nommés parce qu'ils contrefaisaient le cri du *chouan* pour se reconnaître dans les bois pendant la nuit. C'est en 1793 qu'ils se mirent, près de Laval, à la tête des rassemblements qui prirent leur nom.

CHENET. Cet ustensile de cheminée avait autrefois la forme d'un petit *chien* couché ; on l'appela d'abord *chiennet*, petit chien, et enfin *chenet*.

CHÈRE. *Faire bonne chère, maigre chère,* voilà une expression fort usitée et dont le véritable sens n'échappe à personne bien qu'on ne se rende pas compte de l'orthographe du mot *chère.* Pourquoi n'écrit-on pas plutôt *chair*? Il semble que cette orthographe serait plus en rapport avec la signification. Pour se rendre raison de cette anomalie apparente, il suffit de remonter à l'étymologie du mot *chère* et d'en préciser l'acception primitive.

Dans le latin de la décadence, le mot *cara* était employé pour visage, et la langue espagnole a conservé ce mot avec la même signification. On dit *cera* en italien, et l'on disait *chère, chière* en vieux français. Par métonymie, *chère* se prit pour accueil, réception favorable ou défavorable faite à quelqu'un. Nous employons visage dans le même sens quand nous disons : « Faire *bon visage, mauvais visage à une personne.* » Un ancien proverbe disait : *belle chère et cœur arrière.* L'Académie autorise encore *chère* dans le sens d'accueil, mais en avertissant qu'il n'est plus guère usité de la sorte que dans cette phrase : *Il ne sait quelle chère lui faire.* Or, un des points essentiels du bon accueil est d'offrir à son hôte une table bien servie. Le vieux proverbe *belle chère* (bon accueil) *vaut un mets* fait allusion à cet usage. Par métonymie, on a pris *chère* pour l'appliquer exclusivement à une réception hospitalière ; enfin on a généralisé ce terme, et il comprend aujourd'hui tout ce qui concerne la quantité, la qualité et la délicatesse des mets : *faire une chère délicate* ; *aimer la bonne chère.* Comme nous voilà loin de la signification du primitif *cara,* visage !

CHIC, CHIQUE. Ces mots, ou plutôt ces syllabes, qui entrent dans la composition d'un grand nombre de mots français, viennent du latin *cicum, ciccus*, pellicule légère qui sépare les graines de la grenade ; un zeste, au figuré, peu de chose, un rien.

La simple connaissance de ce radical latin suffit pour expliquer et ramener à la même étymologie plusieurs familles de mots français qui semblent n'avoir aucun rapport d'origine entre eux, et auxquels une différence apparente a fait donner des étymologies diverses. Tels sont *chicaner*, disputer, chercher querelle pour des riens ; *chicot*, petite partie de la racine d'un arbre, reste d'une dent brisée ; *chiquer*, mâcher du tabac coupé menu ; *chiquenaude*, petit coup donné du bout du doigt sur le nez (lat. *nasus*, d'où le vieux mot *nasarde*) ; *déchiqueter*, couper par morceaux ; *chiche*, avare, trop ménager, qui a peur de perdre un zeste ; et, par substitution d'une lettre à une autre : *chiper*, dérober de petites choses ; *chipoter*, vétiller ; *chipie*, femme qui se formalise et crie pour rien ; *chiffon*, morceau de vieux linge.

Nota. La plupart de ces étymologies sont contestées ; pour en donner un exemple, nous prendrons le mot *chicaneur*, que quelques-uns font venir du grec *sikanos*, qui a signifié d'abord un Sicilien, et ensuite fourbe, trompeur, parce que les Siciliens passaient autrefois pour tels.

CHÔMER. Ce mot s'écrivait autrefois *cholmer* (de *calamus*, chaume), parce que aux jours de fête les paysans restaient sous le *chaume*, c'est-à-dire dans leurs maisons couvertes de *chaume*. On le fait venir aussi du celtique *choum*, qui signifie s'arrêter, cesser, rester, demeurer.

CHOUCROUTE. Ce substantif est composé de deux mots allemands : *sauer*, aigre, et *kraut*, chou. Bien des personnes, prenant une partie de ce mot pour l'autre et se méprenant sur la valeur des deux éléments formateurs, mettent un accent circonflexe sur l'*u* du dernier, comme si la *choucroute* était une *croûte* de *chou*. En voyant les racines des mots ainsi défigurées, on se rappelle involontairement certain plaisant de collège qui traduisait *Marcus Tullius Cicero* par *marchand de toiles cirées*.

CLERC. Ce mot vient du grec *eleros*, qui signifie sort, partage. On a dit en latin *clerus* et l'on a donné ce nom au *clergé*, parce que, dans l'Ancien Testament, la tribu de Lévi n'avait pas d'autre héritage que la part du Seigneur, c'est-à-dire une partie prélevée annuellement sur les richesses des autres tribus. La dîme du Moyen Âge n'a pas d'autre origine.

Les gens du clergé furent longtemps, en Europe, les seuls qui cultivassent les lettres ; aussi le mot *clerc* fut-il employé figurément pour lettré, érudit, savant. On appelait *mauclerc* un ignorant. Nous avons conservé cette ancienne acception du mot *clerc* dans quelques façons de parler : *Il n'est pas grand clerc en cette matière.*

> *Un loup quelque peu* clerc *prouva par sa harangue*
> *Qu'il fallait dévorer ce maudit animal,*
> *Ce pelé, ce galeux d'où venait tout le mal.*
>
> (La Fontaine)

Les rois, les princes, les grands seigneurs, les gens de justice choisissaient nécessairement leurs secrétaires parmi les gens lettrés ; de là vient qu'un secrétaire prit le nom de *clerc*. Nos rois avaient des *clercs* du secret, qui devinrent dans la suite des *secrétaires d'État*. Les procureurs au parlement avaient des *clercs*, comme en ont encore aujourd'hui les avoués, les notaires et les huissiers.

COCAGNE (pays, mât de). Ce mot est de ceux qui ont eu le privilège d'exercer le plus l'humeur un peu contredisante des étymologistes. Furetière, Brossette, La Monnoye, Huet, Roquefort, Génin s'en sont mêlés : ce qui ne signifie pas que la question soit résolue, bien au contraire. Voici ce qui nous a semblé le moins conjectural :

Cocagne n'est autre chose qu'une corruption de notre vieux mot *cocquaigne*, dérivé de *coq*, et signifiant combat, dispute, contestation. C'est ainsi que Du Cange interprète ce mot dans son *Glossaire*. Or, *cocquaigne*, *cocagne*, a été transporté à Naples par les Français au temps de Charles VIII, et y est devenu, sous la forme italianisée de *cuccagna*, le nom de fêtes publiques, semblables à celles des jours gras, où le peuple se bat, se dispute pour attraper des saucisses et surtout des macaronis distribués gratuitement.

L'opinion de Furetière mérite d'être mentionnée. Dans le haut Languedoc, on fabriquait autrefois de petits pains de pastel désignés sous le nom de *coques* ou *coquaignes* de pastel. Les *coquaignes* qui servaient à la teinture étaient une source de richesse pour ce pays. De là serait venu l'usage de comparer les pays riches et heureux au pays où se fabriquaient les *coquaignes*, au pays de *coquaignes*. Cette étymologie a quelque chose de séduisant ; toutefois nous préférons la première, qui, outre l'idée d'abondance, a le mérite de rappeler le *mât de cocagne*, au pied duquel s'établit une sorte de lutte, de joute, qui tourne au profit du plus adroit.

COLLATION. Léger repas, repas pris le soir et comme en passant. Le mot *collation* n'implique nullement l'idée de cette sorte de repas : c'est une espère de métonymie, empruntée des coutumes ecclésiastiques. Dans les monastères, on faisait le soir une lecture dans la Bible ou dans les Pères. Les moines échangeaient leurs observations sur le texte, et cet exercice s'appelait *collatio*, conférence. À la suite de cette *collation* ou *conférence*, on prenait seulement, surtout en carême et aux jours de jeûne, quelques rafraîchissements. De là le nom de *collation* donné à un léger repas, à la suite d'un bal.

CONCLAVE. Du latin *conclavium*, appartement séparé et fermé à *clef*. Ce nom est donné à l'assemblée des cardinaux réunis pour nommer un pape, parce qu'ils sont enfermés à *clef* lors de l'élection, afin qu'ils n'aient aucune communication avec l'extérieur. L'origine du *conclave* remonte à 1268, lorsqu'il s'agit de donner un successeur au pape Clément IV, mort à Viterbe. Les cardinaux, assemblés depuis deux ans, ne pouvant s'accorder sur son élection, allaient quitter la ville, lorsque les habitants en fermèrent les portes par les conseils de saint Bonaventure et annoncèrent aux cardinaux qu'ils ne sortiraient pas que le pape ne fût nommé. Cette circonstance détermina le concile de Lyon, en 1274, à établir le *conclave* et à en fixer les règles au moyen d'une constitution, qui est encore observée aujourd'hui dans ses principales prescriptions.

CONJUGAL. Qui a rapport au mariage, mot formé du latin *cum*, avec, et *fugum*, joug. L'origine de ce mot se rapporte à un usage établi chez les Latins de faire passer sous le *joug* les jeunes époux. De là *conjugium*, joug commun, pour signifier mariage. C'est sans doute en imitation de cette coutume romaine que les époux, dans les cérémonies de l'Église, se placent sous un poêle lorsque le prêtre leur donne la bénédiction nuptiale. Peut-être aussi cette cérémonie du *poêle* est-elle un symbole des âges primitifs, destiné à faire comprendre aux époux qu'ils vivront désormais sous la même tente, sous le même toit.

CONNÉTABLE. Corruption de *comestable* (*comes stabuli*). Ce mot, qui signifie littéralement *comte de l'étable*, désignait dans l'origine l'intendant des *écuries* royales. Cet officier fut ensuite établi chef de toute la gendarmerie, et, sous Louis le Gros, on voit le *connétable* de Vermandois prendre le commandement des armées. On crut la dignité de *connétable* éteinte avec le *connétable* de Saint-Paul, qui fut exécuté en 1475, mais François Ier la fit revivre en faveur de Charles de Bourbon. Enfin, elle a été supprimée en 1627, après la mort du *connétable* de Lesdiguières. Napoléon la ressuscita un moment. Le mot *maréchal*, qui vient du tudesque *mur*, cheval, et *scal*, domestique, a eu la même bonne fortune que *connétable*, puisque, de simple préposé d'écurie, le *maréchal* (maréchal de France) est devenu et est encore aujourd'hui le premier officier de l'armée.

COQUIN. Ce mot vient du latin *coquus*, qui signifiait cuisinier. À Rome, comme dans les autres pays, les esclaves étaient connus pour leurs habitudes de rapine ; ainsi le mot *fur*, qui passa au voleur, appartint d'abord à l'esclave. Parmi les esclaves, les *cuisiniers*, qui avaient forcément à leur disposition toutes les richesses gastronomiques du maître, se faisaient plus spécialement remarquer. Dans une de ses comédies, Plaute voudrait qu'on nommât place *Furine* le marché où on louait la gent culinaire, le *Forum coquinum*, la place *Coquine* : le changement se fit, non pas dans le nom du lieu, mais dans la valeur du mot ; et notre langue, en empruntant *coquin* au latin vulgaire, ne lui connaît plus d'autre sens que celui de fripon, voleur.

CORDONNIER. Quelques étymologistes font venir à tort ce mot de *cordon*. En voici la véritable origine. On nommait autrefois *cordouan* une sorte de cuir fort estimé, qui se fabriquait principalement à *Cordoue*, comme nous appelons *maroquin* une peau travaillée, qui nous est d'abord venue du *Maroc*.

On lit dans le *Livre des Métiers* :

> « Nus cordouaniers *ne doit mettre basane avecques* cordouan *en nul euvre qu'il face, si ce n'est en contre-* *fort tant seulement. Nus* cordouaniers *de Paris ne peut* *ouvrer de* cordouan *qui ne soit tannez.* »

Ainsi *cordonnier* vient de *cordouan*, dérivé lui-même de *Cordoue*.

CORINTHIEN (ordre). Cet ordre d'architecture a une origine assez remarquable, si nous en croyons Vitruve. Une jeune fille de *Corinthe* étant morte la veille de son mariage, sa nourrice posa sur son tombeau quelques petits vases que l'enfant avait aimés pendant sa vie, et elle plaça une tuile sur le panier qui les contenait. Au printemps les tiges d'une plante d'acanthe grimpèrent le long du panier, et rencontrant les extrémités de la tuile, furent contraintes de se recourber à leur extrémité, et formèrent avec leurs feuilles le contournement de la volute. Callimaque, célèbre sculpteur de ce temps-là, passant près du tombeau, fut enchanté du merveilleux effet de ces feuilles ; il les dessina avec le panier, et imagina sur ce modèle le chapiteau *corinthien*.

COUARD. Ce mot, qui signifie timide, poltron, est une altération du latin *cauda*, queue ; il a été formé par allusion à certains animaux qui, lorsqu'ils ont peur, serrent la *queue* entre les jambes. Anciennement, on disait *coue* au lieu de *queue*. Le vieux français avait l'adverbe *couardement* et le verbe *couarder*.

> *Prenez l'avant-garde,*
> *Gardez que nul se* couarde.
>
> (Histoire de Jehan de Bretagne)

CRÉTIN. Génin tire ce mot de *christianus*, mais Littré fait observer qu'un mot si récent dans la langue ne petit venir de là. L'étymologie probable est l'allemand *Kreidlinq*, crétin, dérivé de *Kreide*, craie, à cause de la couleur blanchâtre de la peau des crétins.

CURÉE. Ce mot est un terme de vénerie, qui signifie figurément butin : *homme âpre à la curée*. Il vient de *curata*, mot italien qui a le même sens, et tire son origine de *cor*, parce que les chasseurs donnaient aux chiens le *cœur*, les entrailles de la bête qu'ils venaient de tuer.

CURIEUX. Possédé de l'envie de voir et de connaître. Pour comprendre l'étymologie de ce mot, il faut se rappeler que le peuple romain était divisé en tribus et les tribus en *curies*. Le *curion*, chef de la *curie*, appelé aussi *curiosus*, était un officier chargé de veiller aux intérêts de sa *curie* et qui nécessairement devait tout connaître. Plus tard, on donna le nom de *curiosus*, curieux, à celui qui se mêlait aux groupes de sa *curie* pour savoir les nouvelles du jour.

CZAR. Titre souverain de toutes les Russies. Si nous en croyons quelques étymologistes, ce mot vient de *César*, nom que portèrent les premiers empereurs romains. Selon d'autres, ce mot (en polonais *czar*, en russe *tsar*) est un terme scythique qui signifiait primitivement chef ou roi.

D

DÉBONNAIRE. Bon avec faiblesse, doux à l'excès. En s'arrêtant à cette signification du mot *débonnaire*, on est porté naturellement à ne tenir compte que du radical *bon*, la première et la dernière syllabe n'étant en apparence qu'un accessoire servant seulement à modifier le sens du mot *bon* ; mais il n'en est pas ainsi. La syllabe finale *aire* n'est point ici cette simple terminaison particulière à notre langue, que nous trouvons dans *volontaire, nécessaire*, etc.; c'est le vieux mot français *aire*, qui signifiait le naturel d'une personne, sa manière d'être. On disait *de mal aire, de bon aire*, c'est-à-dire de mauvais, de bon naturel. Ce mot, d'origine germanique, nous est resté sous la forme *air*, manière d'être extérieure, dehors ; nous disons dans ce sens : *il a l'air bon, méchant, doux*, etc.

DÉSORMAIS, DORÉNAVANT. Le premier de ces adverbes est formé de la préposition *dès* et des mots latins *hora, magis*, et signifie dès cette heure en plus, de cette heure à plus tard, c'est-à-dire à dater de cette heure, de maintenant au temps plus éloigné qui est encore dans l'avenir. *Dorénavant* est composé de la préposition *de*, du latin *hora* et de *en avant*, et signifie de cette heure en avant, de cette heure au temps qui est devant nous, qui est dans l'avenir.

Le latin *hora*, heure, ou son équivalent *ore*, *ores*, *or*, se trouve également dans les mots *lors*, *alors*, *encore*, etc.

DINDE. Cet oiseau domestique, qui nous a été apporté de *l'Inde*, ne fut d'abord connu que sous le nom de *coq d'Inde*, et sa femelle sous celui de *poule d'Inde* ; leurs petits furent appelés *poulets d'Inde*. Plus tard, on a confondu la préposition avec le mot *Inde*, et l'on a obtenu les mots *dinde*, *dindon*, *dindonneau*.

DUNE. Monticule de sable qui se trouve au bord de la mer.
DUNETTE. Partie la plus élevée de l'arrière d'un vaisseau.

Ces mots dérivent du celtique *dun*, qui signifiait une éminence, une colline. *Dun* s'est conservé dans la terminaison de plusieurs de nos villes. *Verdun* (Verodunum), *Châteaudun* (Castellodunum), *Issoudun* (Exoldunum), *Autun* (Augustodunum). Nous le retrouvons encore dans *Lug*DUN*um*, aujourd'hui Lyon.

À propos de cette dernière ville, nous lisons dans un traité attribué à Plutarque la légende suivante :

« Auprès de l'Arar (la Saône) est une éminence appelée *Lougdounon*, qui reçut ce nom pour le motif que je vais rapporter. Deux chefs gaulois, qui avaient été détrônés, entreprirent, d'après la réponse d'un oracle, de bâtir une ville sur cette éminence. Ils en avaient déjà jeté les fondements, lorsqu'une multitude de corbeaux dirigèrent leur vol de ce côté et vinrent couvrir les arbres d'alentour. L'un des chefs gaulois, versé dans la science des augures, donna à la ville le nom de *Lougdounon*, attendu que, dans leur langue, les Gaulois appellent le corbeau *lougon*, et une éminence *dounon*. »

E

EAU. Après le mot *jour*, il n'en est pas un autre qui ressemble moins, soit pour les yeux, soit pour l'oreille, à son radical latin. Eau vient sans contestation de *aqua*. On peut suivre, dans nos anciens auteurs, la route qu'a parcourue ce mot latin *aqua* pour arriver à notre substantif *eau*. On a dit et écrit successivement : *aique, aigue, ègue, ave, auve, ève, eauve, aau, eau*. Trois de ces anciennes formes nous ont laissé, comme souvenir de leur passage dans notre langue des dérivés qui sont encore actuellement en usage. Aigue nous a donné *aiguière* ; Ève, *évier*, et Auve, *auvent*.

ENGINS. Filets et autres outils nécessaires à la chasse et à la pêche.

> *De là naîtront* engins *pour vous envelopper*
> *Et lacets pour vous attraper.*
>
> (La Fontaine)

Ce mot, déjà vieux, nous est venu, par une sorte de métonymie, de *ingenium*, génie, talent d'inven-

48

tion. Il sert à désigner toute espèce de machine inventée par un esprit *ingénieux*.

ESCLAVE. Charlemagne et les empereurs qui lui succédèrent firent une rude guerre aux diverses nations slaves, qui menaçaient d'envahir l'Occident et qui s'avancèrent jusqu'à l'Adriatique. Après les nombreuses défaites qu'ils éprouvèrent, les Slaves furent vendus en grand nombre, et les Italiens en trafiquèrent comme on trafique aujourd'hui des nègres sur les côtes de Guinée. De là nous est venu, par prosthèse, le mot *esclave*.

ÉTIQUETTE. Petit écriteau que l'on met sur des sacs d'argent, des marchandises, etc. Nous rapportons, sans la discuter, l'étymologie que l'on donne de ce mot. Autrefois les procédures s'écrivaient en latin, et l'on mettait sur le sac qui les contenait ces trois mots : *est hic questio*, ici est la question entre un tel et un tel. Souvent on écrivait, par abréviation : *est hic quest.*, et des praticiens ignorants finirent par mettre *étiquet*, *étiquette*. De là le nom d'*étiquette* donné ensuite à toute marque distinctive.

ÉTRENNES. Ce mot vient de *Strenae* dérivé de *Strenua*, déesse de la force. On rapporte que Tatius, roi des Sabins, ayant reçu le 1er janvier, comme un bon augure, des branches coupées dans un bois consacré à *Strenua*, l'usage s'établit de se faire des présents à la même époque, et ces présents prirent le nom de *strenae*, d'où nous avons fait *étrennes*.

F

FANFARE. Air joué par une musique militaire en signe de joie ou de victoire. Ce mot est une onomatopée. La plupart des instruments à vent sont caractérisés par la lettre *f*, dit Charles Nodier, parce que cette consonne, produite par l'émission de l'air chassé entre les dents, est l'expression du sifflement. De là, *fanfare*, qui est un chant de trompette.

De *fanfare* vient *fanfaron*, homme qui fait plus de bruit que de besogne, faux brave, rodomont ; ainsi que les dérivés *fanfaronnade, fanfaronnerie*.

FAUBOURG (du latin *foras*, hors). On appelait *forsbourg* ou *forbourg*, du XIIe au XIVe siècle, la partie de la ville construite *fors* (hors) l'enceinte. Villehardouin nomme un *faubourg* le *bourg de fors*, et Joinville les *rues foraines*. Dans la suite, *forbourg* s'étant adouci par la suppression de *r*, on prononça *fobourg*. Les lettrés du XVe siècle, induits en erreur par cette prononciation, virent dans un *fobourg* un

bourg faux, et ils écrivirent *faux-bourg, fauxbourg* ;
tous les auteurs de cette époque suivirent leur
exemple. Les érudits du XVIᵉ siècle, grands parti-
sans de l'orthographe étymologique, renchérirent
encore sur ceux du XVᵉ et écrivirent et *faulxbourg*
et *faulsbourg (falsus burgus)*.

C'est à cette fausse étymologie que nous devons
la fausse orthographe *faubourg* au lieu de *fobourg*.

Cette même préposition *for* se retrouve dans un
certain nombre de mots français, et sert à marquer
une action ou une chose faite *hors* de certaines
bornes, soit physiques, soit morales. *Forfait* signifie
chose faite en dehors des bornes du devoir ; *forlan-
cer*, lancer une bête hors de son gîte ; *forjeter*, se
jeter en dehors de l'alignement ou de l'aplomb, en
parlant d'une muraille ; *forligner*, faire quelque
action honteuse en dehors de la réputation hono-
rable de son lignage, de ses ancêtres ; *forcené*, qui
est hors de sens, insensé ; se *fourvoyer*, aller hors
de sa voie ; *hormis*, qui est mis hors de compte.

FESSE-MATHIEU. Voici l'origine de cette expression, qui désigne un usurier, un avare. Saint
Mathieu était, avant sa conversion, publicain,
c'est-à-dire collecteur des deniers publics, et,
comme tel, il devint le patron des financiers, des
hommes d'argent. Fêter saint Mathieu est donc
synonyme de prêter à usure. Or, au lieu de dire
feste-Mathieu, on a dit et écrit, par corruption,
fesse-Mathieu, sobriquet qui est devenu synonyme
d'usurier.

D'autres étymologistes prétendent que *fesse-Mathieu* est mis pour *face Mathieu, face de Mathieu,* c'est-à-dire qui a une figure de *Mathieu,* d'usurier. La première étymologie nous semble préférable.

FEU. Cet adjectif, synonyme de défunt, que quelques étymologistes tirent de *functus,* sous-entendu *vitâ* (qui s'est acquitté de la vie), est surtout dérivé du parfait latin *fuit,* il fut, il a existé: *feu mon père,* mon père fut. Dans les actes du Moyen Âge, on plaçait *qui fuit, fut, fu,* après le nom d'une personne décédée ; cette locution avait le sens que nous donnons à *défunt.*

De l'étymologie passons à l'orthographe.

Le mot *feu* est-il adjectif, est-il adverbe, c'est-à-dire variable ou invariable ? Au XVIIe siècle, les uns voulaient que *feu* fût variable dans tous les cas, les autres voulaient que ce mot fût toujours invariable. Ménage tenait pour les premiers, et le P. Bouhours était pour les seconds. Ce fut un véritable procès dans toutes les formes. Balzac, Gombaud, Chapelain, Segrais et Patru se rangèrent qui d'un côté, qui de l'autre.

Après eux vinrent les grammairiens du siècle dernier, qui entreprirent de tout accommoder. Pour cela, ils prirent le parti auquel ils ont eu si souvent recours : ils tentèrent de contenter tout le monde au moyen d'une transaction aussi heureuse qu'elle est logique. C'est de cette transaction qu'est résultée la merveilleuse règle qui a été sanctionnée par l'Académie et qui nous oblige à dire, sous peine du crime de lèse-grammaire : *feu ma tante est morte avant la feue impératrice Marie-Louise.*

FIACRE. Espèce de voiture publique, à l'heure ou à la course, inventée en 1662. On lui donna le nom de *fiacre* à cause d'une image de saint Fiacre qui était placée au-dessus de la porte de l'établissement de ces nouvelles voitures, rue Saint-Antoine, à Paris.

FIEFFÉ. Le mot *fieffé* a eu le sort de beaucoup d'autres : d'abord pris en bonne part, il a passé ensuite dans la classe des mots de mauvais aloi. *Fieffé* signifiait originairement un homme qui possède un *fief*, ou qui a reçu un *fief* à titre de récompense nationale, comme consécration publique de son mérite et de ses services. Aujourd'hui, nous disons un *menteur fieffé*, un *sot fieffé*, pour dire un menteur, un sot, reconnu officiellement comme tel, et en quelque sorte passé à l'état de consécration et de possession publique.

FINANCE. Ce mot vient du verbe *finer* qui signifiait autrefois finir, terminer, conclure une affaire au moyen de ce puissant agent par la vertu duquel tant de choses sont menées à bonne fin ; c'est à cette acception que se rapporte cet adage cité dans les Communes du Perche : *quand argent faut, finaison nulle,* quand argent manque, nulle conclusion possible. Dans un sens plus restreint, *finer* se prit, par métalepse, pour payer, solder, et *finance* signifia ce au moyen de quoi l'on *fine*, ce avec quoi l'on paye, l'argent comptant. Nous disons encore : *il s'en est tiré, moyennant finance, il est à court de finance, il n'a pas grande finance*, etc.

On lit dans la *Chronique* de Bertrand Du Guesclin :

Je vous déliverrai voire par rançon...
– sire, ce dit Bertran, par le corps saint Symon,
De la vostre finance ! *J'ai d'argent grant besong ;*
Je suis un chevalier poure et de petit non,
Et ne suis pas aussi de telle estracion,
Là où je puis avoir finance à grant foison.
Dites vostre voloir et vostre entencion,
Et quand j'aray oy la demande et le don
Si je ne puis finer, je r'iray en prison.

FLAGEOLET (haricot). On désigne sous ce nom de petits haricots écossés que l'on mange au commencement de la saison. Mais pourquoi *flageolets* ? Rien ne ressemble moins que ce légume à la petite flûte qui porte ce nom. Cette expression présente un exemple de corruption assez plaisant. Les Latins appelaient *phaseolus* notre haricot ; de *phaseolus*, nos pères firent *faviole*, et ils se servirent du diminutif *faviolets, fasiolets* pour désigner de petits haricots encore verts. Mais les cuisinières de Paris ayant perdu la tradition de ces mots tombés dans l'oubli, et trompées par le son, changèrent le vieux diminutif en *flageolet*.

FLANDRIN. « De quel pays est donc ce grand jeune homme dont le jargon est si singulier et les manières si empruntées ? » demande une dame. On lui répond : « De la *Flandre*. » Deux jours après, se trouvant avec les mêmes personnes : « Où est donc, dit-elle, ce grand *flandrin* ? » On rit, et le nom de *flandrin* resta à tous les hommes grands, secs et de peu de manières. Roquefort dérive ce mot de *flanc*.

FOURRIER. Sous-officier chargé de distribuer les vivres, les fourrages. Le primitif de ce mot est *fodrum, foderum*, qui se prenait pour les vivres, les subsistances d'une armée en général, tant pour les hommes que pour les chevaux. On appelait *fodrarius* celui qui était chargé de ces subsistances : de là le nom de *fourrier*. C'est en restreignant de plus en plus le sens de *fodrarium* qu'on en est venu à désigner par *fourrage* la nourriture des chevaux.

FRONDER. Blâmer, critiquer, se déclarer contre. Ce mot fait partie de la langue depuis les troubles de la *Fronde* au temps de Mazarin, pendant la minorité de Louis XIV. Le nom même de *Frondeurs, Fronde*, donné à cette époque au parti opposé à la cour, est un mot d'emprunt, une allusion, dont la véritable cause n'est pas bien connue, quoique l'allusion au mot *fronde*, tissu de cordes pour lancer des pierres, soit incontestable. La version de Ménage paraît la plus vraisemblable. Le duc d'Orléans s'était rendu un jour au Parlement pour empêcher qu'on ne mît en délibération quelques propositions qu'il jugeait désavantageuses au parti de la cour. Le conseiller Le Coigneux de Bachaumont dit à plusieurs de ses confrères, placés près de lui, qu'il fallait remettre la délibération à un autre jour où le duc d'Orléans n'assisterait pas à la séance. Il s'appuya de l'exemple des *frondeurs*, qui ne *frondent* pas en présence des gens de police, mais qui *frondent* en leur absence, nonobstant leurs défenses. Quelques jours après, Le Coigneux de Bachaumont, entendant opiner quelques membres du Parlement en faveur la cour, et se souvenant de sa comparaison, dit à ces conseillers qu'il allait *fronder* leur avis. Ces mots ayant été reçus avec approbation, on appela *frondeurs* ceux qui étaient opposés à Mazarin.

Comme d'autres écrivains du temps racontent les choses d'une manière toute différente, il serait peut-être plus simple de ne voir dans l'acception figurée de *frondeurs* qu'une comparaison du murmure des mécontents avec le bruit sourd et prolongé que fait la *fronde* avant de lancer la pierre.

FUTÉ. Fin, rusé, adroit, du latin *fustis* bois coupé, bâton. Il est difficile, pour ne pas dire impossible, de saisir le rapport qu'il peut y avoir entre un bâton et la ruse, la finesse d'esprit. Suivant Ménage, ce mot renferme une allusion aux oiseaux, qui, ayant hanté les bois, ont vu du pays et sont devenus plus rusés que les oiseaux niais, qui ne sont point sortis de leurs nids. Cette explication étymologique est trop subtile pour être vraie. La formation des langues ne procède pas ainsi. M. Génin propose une solution, qui n'est pas plus acceptable. *Futé*, dit-il, vient de *fustigatus*, qui a reçu des coups de bâton, et qui, par suite de cette correction, est devenu plus avisé.

Nous croyons que *futé* n'est qu'une abréviation d'*affûté*, qui, dans le langage des ouvriers, signifie *aiguisé*. *Affûter* signifie au propre *mettre un canon sur son affût*, c'est-à-dire le mettre en état de tirer ; au figuré, le même mot a signifié *aiguiser*, c'est-à-dire mettre en état de percer ou de couper. *Futé* n'est donc qu'une abréviation d'*affûté*, et veut dire *aiguisé*, *qui a le fil* et, par suite, *rusé*, *adroit*, sans que le latin *fustis*, bois coupé, bâton, ait cessé d'être le radical.

G

GALIMATIAS. Discours confus, obscur, inintelligible, qui ne signifie rien, quoiqu'il semble dire quelque chose. Ce mot vient du latin *gallus*, *galli*, coq, et *Mathias*, *Mathiae*, nom propre ; il remonte à l'époque où les plaidoyers se faisaient encore en latin. Un jour qu'il s'agissait d'un coq appartenant à une des parties nommée *Mathias*, l'avocat, à force de répéter les noms de *gallus* et de *Mathias*, finit par s'embrouiller, et au lieu de dire *gallus Mathiae* (le coq de Mathias), il dit *galli Mathias* (le Mathias du coq). Par la suite, on fit des deux mots une seule locution dont on se servit pour exprimer un discours embrouillé. — Voltaire a converti ce mot avec beaucoup d'esprit en celui de *gallithomas*, pour caractériser le style un peu ampoulé de Thomas, l'auteur des *Éloges*.

GAMME. Suite des sept notes principales de la musique, disposées suivant l'ordre naturel des tons, dans l'intervalle d'une octave. *Gamme* est le nom de la lettre grecque γ *gamma*, la même que notre g. Gui d'Arezzo, inventeur de la table musicale de ce nom, après avoir représenté les six premiers sons par les lettres *a, b, c, d, e, f*, prit pour marquer le septième son, la septième lettre de l'alphabet latin, G, qu'il écrivit en grec γ *gamma*, et ce caractère alphabétique fit donner, par sa singularité, le nom de *gamme* à toute l'échelle.

Par suite, le nom d'une lettre en est venu, grâce au hasard, à signifier *débuts, éléments : parler d'une science dont on ignore même la gamme* ; puis le même mot a signifié ton, conduite, etc. : *changer de gamme.*

GAROU (loup). L'esprit superstitieux de nos pères leur faisait admettre que, par suite de maléfices, certains hommes étaient changés en loups. Cette superstition paraît avoir régné anciennement dans presque toute l'Europe, et même chez les Grecs, qui avaient créé le mot *lykanthropôs*, homme-loup. Ces prétendus hommes-loups se nommaient autrefois, en langue d'oïl, *garul, garoul*, mot composé de deux radicaux germaniques dont l'un signifie *homme* et l'autre *loup*. Lorsque l'origine du mot a été entièrement oubliée, on a cru nécessaire de joindre le mot *loup* à *garou* : de là l'expression redondante de *loup-garou* que nous conservons encore.

GAZETTE. Nom générique de toutes les feuilles publiques contenant les nouvelles du jour. Ce mot remonte à l'année 1631, date de la première feuille publique qui ait paru en France et qui fut fondée sous le titre de *Gazette* par Théophraste Renaudot, médecin de Paris, lequel créa cette publication dans l'intention de distraire ses malades. Le mot fit bientôt partie de la langue, comme le témoignent ces vers de Molière :

> *D'éloges on regorge, à la tête on les jette ;*
> *Et mon valet de chambre est mis dans la* gazette.

Suivant Ménage, *gazette* viendrait du vénitien *gazetta*, nom d'une petite pièce de monnaie qui était le prix d'un journal paraissant à Venise au commencement du XVIIᵉ siècle. Ce mot pourrait venir, avec autant de vraisemblance, de *gazzetta*, diminutif de *gazza*, qui, en italien, signifie *pie*. Cet oiseau a toujours été regardé comme le symbole du bavardage et a pu, par une métaphore assez naturelle, prêter son nom à la première feuille publique qui venait, chaque matin, divulguer les nouvelles de la ville. Du reste, si le mot est nouveau, la chose est ancienne. Nous devons à M. Victor Leclerc, doyen de la Faculté des lettres de Paris, un savant et spirituel ouvrage sur les *diaria*, sorte de journaux chez les Romains. Les journaux sont établis en Chine de temps immémorial.

GÊNE. Peine, chagrin, torture morale. Ce mot est une contraction de *géhenne*, en latin *gehenna*, terme dont se sert la Bible pour désigner l'enfer. Il est formé, par contraction, des mots hébreux *geia Hennan*, vallée d'Hennan, lieu près de Jérusalem où l'on brûlait vifs des enfants offerts au dieu Moloch.

GENTILHOMME. Homme de race noble. Chez les Romains, *gentilis* se disait d'une race d'hommes nobles, nés de parents libres et dont les membres n'avaient point été esclaves. Ce mot servait à désigner les membres des familles patriciennes, celles qui, à l'origine, composèrent la population de Rome. Il emportait avec lui une idée avantageuse. Notre adjectif *gentil*, pris dans le sens d'aimable, gracieux, joli, et que nos aïeux prononçaient, par abréviation, *gent*, *gente*, n'a pas d'autre étymologie que celle que nous venons de donner. C'est également au mot latin *gens*, *gentis*, nation, qu'il faut attribuer l'origine de cette expression, *les gentils*, employée par les auteurs sacrés pour désigner les *Nations* autres que le peuple de Dieu, celles qui étaient idolâtres.

Le mot anglais *gentleman* à la même étymologie que *gentilhomme* ; il est formé de *gentle*, gentil, et de *man*, homme ; mais il n'a pas, comme on le croit vulgairement, la même signification. Pour être un *gentleman* il suffit d'avoir des manières distinguées, abstraction faite de la naissance. Tout *gentleman* n'est pas un lord et n'a pas des parchemins à exhiber. Un lord peut fort bien n'être pas *gentleman*. George IV, roi d'Angleterre, qui eut une jeunesse des plus dissipées, se glorifiait beaucoup d'avoir été proclamé, par ses compagnons de plaisir, le *gentleman* le plus accompli des trois royaumes. Ce titre, le seul du reste qu'il ait mérité, était celui auquel il attachait le plus de prix.

GIFLE. Soufflet. M. Génin fait venir ce mot de *gypse*, qui signifie plâtre ; *gypse* serait devenu *gisse*, puis *giffe* par la conversion du double *ss* en double *ff*, et enfin *gifle*, comme *joufflu* s'est formé de *joue*. Mais quel rapport peut-il y avoir entre *gypse*, plâtre, et un soufflet ? Le voici : au Moyen Âge, *giffer*, c'était marquer d'un signe de confiscation au profit du trésor public ; ce signe consistait en un trait, probablement une croix, fait avec du plâtre, sur le mur ou sur la porte. La propriété qui avait reçu cette *giffe* était confisquée. La *giffe* était donc un affront : aujourd'hui, par métaphore, une *gifle* est un soufflet bien appliqué comme cette balafre de *gypse* faite à la maison confisquée.

GILET. Le nom de ce vêtement vient de *Gilles*, l'un des premiers paillasses qui aient paru sur le théâtre de l'hôtel de Bourgogne. Il avait adopté pour costume une longue veste sans manches, que l'on trouvait alors fort drôle, et que, plus tard, après l'avoir modifiée, nous avons adoptée sous le nom de *gilet*.

GOUPILLON. L'animal désigné aujourd'hui sous le nom de renard s'appelait autrefois *goupil*, du latin *vulpecula*. Au XIIIᵉ siècle parut un poème satirique et burlesque de Pierre de Saint-Cloud, sous le titre de *Roman du Renard*. Le principal héros du poème est un rusé *goupil* qui fait mille tours malicieux au loup, son oncle et son compère. L'auteur donne au *goupil* le nom propre de *Renard* ; il nomme le loup *Ysengrin*, le singe *Martin*, l'âne *Bernard*, etc., tout comme La Fontaine appelle le singe *Bertrand*, la pie *Margot*, le lapin *Jeannot*, etc. Ce poème fut tellement du goût de nos pères et obtint une si grande vogue qu'on ne désigna plus le goupil que sous le nom de *renard*. Nous n'avons conservé que le dérivé *goupillon*, aspersoir ainsi nommé à cause de sa ressemblance avec une queue de renard. Du reste, le nom de *Renard*, donné par Pierre de Saint-Cloud au héros de son roman, n'est pas un mot de pure invention. En voici l'origine : l'histoire parle d'un certain *Réginal* ou *Reinard*, politique très rusé, qui vivait dans le royaume d'Austrasie au IXe siècle et qui fut conseiller de Zuentihold. Exilé par son souverain, il alla, au lieu d'obéir, se réfugier dans un château fort dont il était le maître, et d'où il suscita au prince toute sorte d'affaires fâcheuses, armant contre lui, tantôt les Français, tantôt le roi de Germanie. Cette conduite fausse et artificieuse rendit son nom odieux. Son siècle fit sur lui différentes chansons, dans lesquelles il est appelé *Vulpécula*, et, dans les siècles suivants, il parut plusieurs poèmes allégoriques et satiriques en langue romane, où il est toujours désigné sous l'emblème de l'animal auquel, dans la nôtre, il a donné son nom.

GRAND CŒUR (de). Expression souvent usitée, sans qu'on se doute du rapport qu'il peut y avoir entre l'adjectif *grand* et le substantif *cœur*. Mais quand on consulte les anciens auteurs et qu'on lit de *gréant* cœur, pour de cœur *gréant*, qui *agrée*, on voit que *grand* n'est, dans ce cas, qu'une corruption de *gréant*.

GRASSE MATINÉE. Veut-on faire entendre que l'on s'est levé tard, on dit : *j'ai dormi la grasse matinée*, sans songer que l'on commet un affreux solécisme. En effet, quel rapport y a-t-il entre l'adjectif *gras* et l'idée d'un sommeil prolongé ?

On disait autrefois une *grans matinée*, une grande matinée, pour une matinée tout entière, toute pleine ; de même que nous disons *toute une grande journée, trois grands jours* ; puis, à l'époque où il s'est agi de donner une terminaison particulière aux adjectifs féminins, on a dit *gransse*, puis, *grasse matinée*, sans se douter que *grans* venait de *grandis*, grand.

GREDIN. Homme sans probité, sans honneur. Ce mot est considéré comme une corruption de *gradin*, parce que, autrefois, certains valets ou des personnages inférieurs se tenaient sur les *gradins* ou degrés du palais de leur seigneur, en attendant ses ordres. L'usage ayant disparu, le mot est resté pour qualifier un homme sans considération. Chevallet fait venir *gredin* du tudesque *gratag*, famélique, affamé.

GRIS (être). C'est-à-dire légèrement pris de vin. Ce mot n'a aucun rapport avec son homonyme désignant la couleur grise. Les Latins, qui aimaient à trouver des défauts aux Grecs, les accusaient de faire la débauche comme nous accusions nous-même Albion d'être perfide. Ils se servaient à cet effet du mot *graecari*, et ils disaient boire comme un Grec, de même que nous disons vulgairement boire comme un Polonais. À l'époque des croisades, *grec* devint en français *grieu*. Villehardouin n'emploie pas d'autre terme. On dit alors *boire comme un grieu*, et, par ellipse, *être gris*.

Notre mot *grigou* date de la même époque, le mot grec étant, aux yeux des croisés, synonyme des épithètes les plus flétrissantes.

On a donné la même origine à *grive*, oiseau qui fréquente les vignes et se *grise* de raisin ; mais il est plus probable que la *grive*, dont le plumage est tacheté de blanc et de brun, tire son nom de sa couleur : *grivelé* signifie qui tire sur le *gris*.

GUÈRE. Certains mots, qui ont aujourd'hui un sens négatif, ont eu primitivement et étymologiquement un sens positif : tels sont *personne, aucun, rien*. Il en est de même de *guère*, qui vient du germain *gar*, beaucoup, bien, fort, entièrement, tout à fait. Voici quelques exemples de *guère* employé pour beaucoup : « Sans *guère* de perte, il fut seigneur de la ville. » (Chronique de Chastelain.) – « Les hommes portent envie à ceux qui ont la gloire et la vertu gratis, ou sans qu'il leur couste *guère*. » (Amyot.) – « La poésie ne se soucie pas *guère* de dire la vérité. » (Amyot.) – « On n'avance pas *guère* la besogne. » (Sully.)

Encore aujourd'hui le mot *guère* est employé d'une manière à peu près semblable dans certaines locutions : *il a disparu sans que l'on sache guère ce qu'il est devenu.*

Il en est aussi de même en provençal, où *guère* s'emploie pour beaucoup dans certains cas : « Si viou *guïré*, acabara tou soun ben. » S'il vit *beaucoup*, il achèvera tout son bien. En général, le mot *guère* s'emploie aujourd'hui pour *pas beaucoup*, peu.

GUÉRIR. Ce mot, qui signifie proprement délivrer d'une maladie, avait autrefois un sens plus étendu. Il était le même que *garer*, et se prenait dans le sens général de garantir une personne de quelque chose, l'en préserver, l'en délivrer. Alors il s'écrivait *guarir* : « E David s'en fuid, e Dieu la nuit le *guarid*. » (Livre des Rois.) – « Me *guarisez* et de mort et de honte. » (Chanson de Roland.)

Quelques auteurs lui ont conservé sa forme ancienne avec la signification actuelle : « ... Toutes, pour *garir*, se reforçoient de boire. » (Régnier.) – « Je le pansai ; Dieu le *garit*... » (Ambroise Paré.)

Ce mot vient de l'ancien allemand *waran*, qui signifiait *garantir*. Suivant Roquefort, il viendrait tout simplement du latin *curare*, dont il est la traduction.

H

HARICOT DE MOUTON. Ragoût de mouton avec des pommes de terre. Il est certain que le mot *haricot* n'a ici aucun rapport de sens avec la fève de ce nom, puisqu'il n'entre jamais de haricots dans le ragoût appelé *haricot de mouton*. Suivant M. Génin, *haricot* serait, dans cette locution culinaire, une corruption du mot *aliquote*, dérivé du latin *aliquot*, quelques. En effet, le ragoût se compose de *parties aliquotes*, autrement dit de *petits morceaux de mouton*.

HARO. Locution employée par manière de vive improbation, à l'égard d'une personne dont les paroles ou les actes excitent le mécontentement. Ce mot, qui n'est de fait qu'une simple exclamation, a cependant toute une histoire. En Normandie, il était autrefois usité comme cri d'alarme, soit pour appeler au feu, en cas d'incendie, soit pour réclamer du secours contre un assassin ou un voleur. Tous ceux qui entendaient ce cri devaient accourir, sous peine d'amende, pour prêter main-forte. On en fait remonter l'origine à Rollon (*ah Rol*), premier duc de Normandie, qui était tellement redouté dans ses États que son nom seul, prononcé par la victime d'un vol ou d'un guet-apens, suffisait pour mettre les coupables en fuite.

De *haro*, on a fait en vieux français *harer*, *harcer*, poursuivre quelqu'un avec des cris, se mettre à ses trousses, le pourchasser, d'où le fréquentatif *harceler*, qui nous est resté. Selon quelques auteurs, il fut un temps où *haro* était aussi un cri de guerre. D'après Guillaume Guiart, les hérauts le firent entendre à la bataille de Bouvines.

HASARD. Risque, sort, fortune, cas fortuit, événement sans cause. C'est de l'espagnol *el azar* que nous est venu notre mot *hasard*. En espagnol, *el azar* signifie le point unique au jeu de dés, l'as. Ce mot a passé chez nous, sous la forme de *hasard*, non pour désigner, comme chez les Espagnols, l'*as*, mais le *coup de six*, qui est le coup de bonheur, le vrai *coup de hasard*. Nous en trouvons un exemple dans le vieux fabliau de *Saint Pierre et le Jongleur*. Le saint choisit le moment où le diable est sorti après avoir confié les âmes damnées à la garde du jongleur. Saint Pierre, qui connaît la passion effrénée de celui-ci pour le jeu, se présente en enfer avec un jeu de dés, et propose une partie au jongleur : « Mais je n'ai pas une obole. – Qu'est-ce que cela fait ? Mets des âmes au jeu. – Oh ! non. J'ai juré au diable de les lui garder scrupuleusement. – Et qui ira le lui dire ? Pour quelques âmes de plus ou de moins, il n'y paraîtra pas. » En parlant de la sorte, saint Pierre dépose sur la table plusieurs pièces d'or. L'autre se laisse persuader à cette vue, et met trois âmes au jeu. Saint Pierre joue le premier, et s'écrie en voyant qu'il a amené le point le plus élevé, le six :

Si tu jettes après hasard,
J'aurai trois âmes à ma part.

Ainsi *hasard* était primitivement synonyme de *bonheur*; mais, comme tout ce qui tient au jeu est incertain, le mot *hasard* a fini par impliquer l'idée de risque, d'événement fortuit ou sans cause.

HÈRE. Un pauvre *hère* est un homme sans mérite, sans considération. Ce mot dérive de l'allemand *herr*, qui signifie seigneur. Une métathèse de sens en a fait en français un terme de mépris. C'est ainsi que deux autres mots allemands *ross*, coursier, et *buck*, livre, sont devenus chez nous *rosse* et *bouquin*.

HIC. Mot latin qui signifie *ici*. Quand on dit : *c'est là le* Hic, on veut dire : voilà le point important, le nœud de la difficulté. Un étymologiste prétend qu'il était autrefois d'usage de placer cette particule à côté des endroits remarquables dans un ouvrage qu'on lisait.

Hic (sous entendu *advertendum, sistendum*, il faut

faire attention, s'arrêter) étant devenu d'un usage familier, on l'a employé proverbialement dans le sens que nous lui donnons encore.

HUGUENOT. Terme de mépris sous lequel les catholiques ont commencé à désigner les protestants vers 1560. Dans les premiers temps, les réformés faisaient des ligues pour défendre leur nouvel Évangile ; de là on a induit que *huguenot* vient de *hensquenaux,* qui signifie en Suisse gens séditieux, ou de *eidyenossen,* c'est-à-dire confédérés, ligués ensemble. Mais le mot *huguenot* est d'origine française, et ce nom fut donné aux protestants pendant le voyage que fit Charles IX de la ville d'Amboise à celle de Tours. Laissons la parole à un de nos vieux chroniqueurs : « Il y a peu de villes où l'on ne fasse des contes de certains esprits pour faire peur aux femmelettes et aux petits enfants, qu'on dit qui se promènent de nuit avec tintamarre, à qui ils ont donné divers noms : c'est à Paris le *Moyne Bourru* ; à Orléans, le *Mulet Odet* ; à Toulouse, le *Croquetaco* ou la *Malobestio* ; à Caen, le *Goblin* ; à Tours, le roi *Huguet* ou *Hugon* ; à Blois, le *Loup-garou.* Or, les religionnaires du commencement ne s'osant assembler que de nuit et dans des lieux obscurs et reculés, le peuple les appela *huguenots,* c'est-à-dire *lutins courant la nuit, et vrais suivants du roi Huguet.* Mais eux attribuèrent ce nom à gloire, le tournant en un autre sens, comme s'ils eussent été les conservateurs de la race royale, descendant d'Hugues Capet, qu'ils disaient que les Guises avaient dessein de ruiner pour rendre la couronne à celle de Charlemagne, dont ils se vantaient d'être issus. »

HUISSIER. Ce mot, qui vient du vieux français *huis*, porte, et qui signifiait autrefois, dans son sens littéral, portier, gardien d'un *huis*, se dit encore en ce sens des gens qui se tiennent dans les antichambres des princes, des ministres et des hauts fonctionnaires pour introduire les personnes qu'ils reçoivent, ainsi que des officiers chargés du service intérieur des chambres législatives, des académies et des audiences des tribunaux.

Sous l'Ancien Régime, il y avait les *huissiers de la chambre du roi*, qui gardaient les portes de l'intérieur du palais ; les *huissiers de la chaire*, ou de la chancellerie, qui portaient une chaîne d'or au cou ; les *huissiers à verge*, attachés au Châtelet. En Angleterre, on appelle encore *huissier de la verge noire* le premier huissier de la chambre du souverain.

Dans un sens particulier, on nomme *huissiers* les fonctionnaires publics attachés aux divers ressorts de justice pour signifier et faire exécuter les jugements et arrêts des tribunaux ; mais, dans cette acception, le mot *huissier* n'a presque plus rien de son étymologie première.

J

JOUR. L'étymologie du mot *jour* est une des plus curieuses qu'on puisse imaginer, et d'autant plus curieuse qu'il est impossible de la révoquer en doute. *Jour* vient radicalement du latin *dies*, même signification, dont l'adjectif est *diurnus*, journalier. Du latin *diurnus* les Italiens ont fait *giorno* (qui se prononce *dgiorno*), et de *giorno* nous avons fait *jour*.

L

LADRE. Vilain, mesquin, d'une avarice sordide. C'est seulement par métaphore que nous prenons aujourd'hui le mot *ladre* dans ce sens ; au propre, il signifiait autrefois lépreux. Voici l'origine de cette dénomination.

Nos pères avaient placé chaque maladie sous la protection d'un saint, que l'on invoquait pour en obtenir la guérison. C'est ainsi que saint Lazare, dont ils avaient fait saint Ladre, était le patron des lépreux. En effet, dans la parabole du mauvais riche, il est dit que le pauvre Lazare était couvert d'ulcères, et les lépreux, l'invoquant dans leurs prières, furent appelés de son nom *lazares*, et, par abréviation, *ladres*. On nommait *ladreries* les hôpitaux où ils étaient recueillis. La lèpre a aujourd'hui disparu ; mais le mot *ladrerie* est resté pour flétrir l'avarice, qui est la *lèpre* de l'âme.

Lazare nous a donné aussi le dérivé *lazaret*, établissement dans lequel on fait faire quarantaine aux personnes qui viennent d'un pays soupçonné d'être infecté d'une maladie contagieuse.

LANTERNER. Perdre le temps à des choses de rien. On attribue ce mot à Rabelais qui ayant été un moine fort indévot ne manquait aucune occasion de tourner en ridicule son ancien habit et ses habitudes monacales. Pendant leurs oraisons, les moines relèvent leurs capuchons pour s'en couvrir la tête. Ainsi relevés, les capuchons ressemblent à des dessus de lanterne ; de là *lanterner,* passer son temps à des oraisons, que Rabelais considérait comme des choses oiseuses, sans doute parce qu'il s'y était fort ennuyé.

Mais voici qui bat cette étymologie en brèche : Rabelais écrivait dans la première moitié du XVIe siècle, et nous trouvons cette phrase dans un ouvrage qui date de 1392 : « Icelui Jehan dit au suppliant moult de vilenies en le *lanternant.* »

LENDEMAIN. La prosthèse, c'est-à-dire la figure par laquelle il y a addition de lettres au commencement d'un mot, joue un certain rôle dans notre langue. C'est elle, nous l'avons vu plus haut, qui nous a donné le mot *dinde.* C'est également à la prosthèse que nous devons notre mot *lendemain,* qui n'est autre que *demain,* auquel on a ajouté successivement la préposition *en* et l'article *le.* « À le *endemain* le duc manda son grand conseil. » (Villehardouin.)

La prosthèse est encore évidente dans les mots *adieu* (à Dieu), *avis* (à vis), *abandon* (à bandon), *l'abée* (la bée), *lierre* (autrefois l'*ierre,* du latin *hedera*), etc. (Voir *Loriot, Luette, Nage* [être en], *Tante.*)

LOISIR. La plupart des étymologistes font venir ce mot du latin *olium*, qui a la même signification. Mais M. Chevallet le tire du verbe latin *licere* (être permis), et il en donne pour raison que l'on disait autrefois il *loist*, il *loisait*, qu'il *loise*, toutes formes dérivées de *licere*, et dont nous n'avons conservé que *loisir*, *loisible*. *Il m'est loisible* signifie encore il m'est permis.

LORIOT. Oiseau de la famille des passereaux. Ce mot est dérivé du latin *oriolus*, venu lui-même d'*aureolus* (couleur d'or), par allusion au plumage doré de cet oiseau, dont on a fait *oriol*, puis *loriol*, et enfin *loriot*.

LUETTE. Appendice charnu de la forme d'un grain de raisin, qui pend à l'extrémité du palais, à l'entrée du gosier. Ce mot nous vient de *uvetta*, diminutif de *uva*, raisin. On a dit d'abord l'*uvette*, puis l'*uette*, et, l'article se confondant avec le nom, nous avons eu la *luette*.

M

MANANT. Homme grossier, mal élevé. Ce mot signifiait autrefois celui qui demeure dans un pays, de *manens*, demeurant. « Les *manants* et habitants d'Angoulême. » (Pasquier.) « Jules César avait fait commander à tous les *manants* et habitants des Alpes et Piémont qu'ils eussent à apporter... » (Rabelais.)

> *Il arriva qu'au temps où le chanvre se sème,*
> *Elle vit un* manant *en couvrir maints sillons.*
>
> (La Fontaine)

Comme ceux qui demeuraient sur les terres des seigneurs n'étaient, en général, que de pauvres gens taillables et corvéables, la noblesse finit par donner à *manant* l'acception peu flatteuse que nous lui avons conservée.

Il en est arrivé autant aux mots *paysan*, *rustre*, *vilain*, et, dans un autre ordre d'idées, aux mots *insolent*, *apothicaire*, *pédagogue*, etc.

MARÉCHAL. Le mot *maréchal*, du tudesque *mar*, cheval, et *scal*, domestique, ne s'appliquait d'abord qu'à un simple serviteur de la maison de nos premiers rois, auquel était confié le soin d'un certain nombre de chevaux. Plus tard, le *maréchal* fut chargé de ranger la cavalerie en bataille sous les ordres du connétable. Ce mot a eu une singulière destinée, puisque, aujourd'hui encore, il signifie tout à la fois celui qui est revêtu de la première dignité dans nos armées, et l'humble artisan qui ferre les chevaux.

MARQUISE. Sorte d'auvent qui protège contre la pluie les *marches* ou degrés d'un perron, d'un escalier, ou même d'une simple porte, de même que le *marquis* autrefois était chargé de protéger les *marches* ou frontières d'un État.

MERCI. Ce mot, du latin *merces*, prix, signifiait originairement le prix que le vaincu payait au vainqueur pour se racheter. D'où il suit que cette expression, être à la *merci du vainqueur*, *se rendre à merci*, signifiait être réduit à subir la loi du vainqueur pour toutes les conditions qu'il lui plaisait de mettre au *rachat* du vaincu. On retrouve encore la trace de cette origine dans le nom des religieux qui se consacraient au *rachat* des captifs et que l'on appelait *frères de la Merci*. On a dit, par extension : *ne laisser à quelqu'un ni trêve ni merci*, c'est-à-dire ne pas même lui laisser l'espoir de se racheter.

D'où il suit que ces expressions : *merci, je suis à votre merci, je vous remercie*, sont une manière exagérée de témoigner sa reconnaissance pour un service rendu. On n'est pas plus disposé à se mettre à la *merci* de quelqu'un par ces paroles qu'on ne l'est à s'en faire le domestique quand on écrit au bas d'une lettre : *je suis votre très humble serviteur*, ou, comme disait Molière :

Je suis votre valet, *monsieur, de tout mon cœur.*

Les Italiens et les Espagnols emploient des formules encore plus obséquieuses.

MIGNON, MIGNOT. Ce sont deux diminutifs sous une forme peu différente, l'un en *on*, l'autre en *ot*, et qui ont à peu près la même signification. Leur commune étymologie est le mot latin *minutus*, menu, délicat. Ils nous ont donné le verbe *mignoter*, caresser, dorloter. Les mots *mignard, mignardise* ont la même origine. On dit dans le Lyonnais un *petiot mignon*, et dans l'Anjou un *petit mégnon*, pour un joli petit garçon. À Paris, on disait autrefois par syncope, dans le même sens, un *mion*. De *mion* le peuple a formé *mioche*, diminutif d'un diminutif, pour signifier un tout petit enfant.

MIROBOLANT. Admirable, merveilleux. Si l'on consulte les dictionnaires, depuis Richelet jusqu'à Boiste, ce mot est un barbarisme ; mais si l'on consulte tout le monde c'est un mot français du style plaisant et macaronique. Il vient de *mire*, en vieux français, *médecin* : « Bon *mire* est qui sait garir. » (anc. proverbe.) « Quand il amende au malade, il empire au *mire*. » (anc. proverbe.), et de *bolus*, pilule. Hauteroche, auteur dramatique du XVIIᵉ siècle, mit sur la scène un médecin (*mire*) qui traitait tous ses malades avec des pilules (*bolus*), et auquel il donna le nom de *Mirobolant*. Ce mot a mis plus de deux cents ans à faire fortune, mais on peut dire aujourd'hui que son avenir est assuré.

MITRON. On donne ce nom aux garçons boulangers, parce que autrefois ils portaient des bonnets en forme de *mitre*. À Paris, les garçons pâtissiers, ainsi que les apprentis imprimeurs, s'en ornent encore le chef ; mais ces *mitres* sont en papier.

MONT-DE-PIÉTÉ. Banque de prêts sur nantissements. Ce mot vient de l'italien *monte*, dans le sens d'amas, tas, accumulation. Quant aux mots *de piété* qui y ont été joints, beaucoup de personnes les trouvent peu justes, à cause de l'intérêt très élevé que prennent généralement ces établissements. Ce qui en justifie l'emploi, c'est que, dans le principe, les prêts avaient lieu gratuitement, les aumônes des chrétiens faisant les frais de cette institution de charité, *de piété*.

MOUCHARD, MOUCHE. Ces mots sont synonymes d'espion, et viennent, selon Ménage, de l'insecte qui porte ce nom ; parce qu'il change de place en un clin d'œil et pénètre partout fort indiscrètement. Le mot latin *musca*, mouche, est plusieurs fois employé en ce sens dans Plaute. Dans le *Martyrologe protestant*, édition de 1619, les espions de l'inquisition d'Espagne sont appelés *mouches*, en tant qu'ils se glissaient dans les cachots parmi les prisonniers, pour trahir ceux de ces pauvres gens qui étaient assez simples pour ne point se méfier d'eux.

MOUSSE. Jeune matelot qui sert à la manœuvre sur un navire. Ce mot vient-il du latin *muscus*, mousse, herbe rampante et parasite qui croît sur les vieux murs, sur l'écorce des arbres, ou de l'espagnol *mozo*, petit garçon, jeune valet ? Ni l'une ni l'autre de ces étymologies n'est satisfaisante et décisive. La comparaison d'un *mousse* de navire avec la *mousse* qui s'attache aux arbres et aux murs est évidemment trop recherchée. Quant à l'étymologie espagnole, le mot *mozo* est d'un sens trop général pour avoir servi spécialement à désigner un état de domesticité qui n'a de rapport avec aucun autre. L'origine proposée par M. Génin nous paraît plus naturelle : « *Mousse* est la même chose que *mouche*, parce que les petits *mousses* voltigent dans les cordages comme des *mouches*. La preuve de cette poétique origine se trouve dans ce fait que les *mousses* s'appelaient autrefois *mousques*. Il est assez curieux, que *la mousse* des bois vienne du masculin *muscus*, et le *mousse* d'un navire du féminin *musca*, mouche. »

MUSCADIN. Petit-maître, homme qui affecte une grande recherche dans son costume et ses manières. Ce mot est ancien, quoiqu'il ne nous rappelle guère que les élégants de l'époque de la République qui suivit la chute de Robespierre. Dans le XVIIᵉ siècle, il s'éleva, parmi les beaux esprits de l'hôtel de Rambouillet, une dispute pour savoir s'il fallait dire *muscadins* ou *muscardins* : la discussion fut orageuse, et la question fut agitée à l'Académie française, qui, après de longs débats, se décida en faveur de *muscadins*. Voiture, voulant se moquer de ceux qui avaient soutenu le mot *muscardins*, fit l'épigramme suivante :

> *Au siècle des vieux palardins,*
> *Soit courtisans, soit citardins,*
> *Femmes de cour ou citardines,*
> *Prononçaient toujours muscardins,*
> *Et balardins et balardines.*
> *Même l'on dit qu'en ce temps-là*
> *Chacun disait rose muscarde.*
> *J'en dirais bien plus que cela ;*
> *Mais, par ma foi, je suis malarde,*
> *Et même en ce moment voilà*
> *Que l'on m'apporte une panarde.*

Depuis, le mot *muscadin*, dans l'acception de jeune homme coquet, ayant été abandonné à

Paris, alla se réfugier en province. On l'avait conservé à Lyon pour désigner les commis des magasins d'épicerie en gros. Les jeunes gens de la ville de Lyon ayant formé, en 1789, un corps de volontaires, on les nomma *muscadins*, à cause de l'élégance de leur tenue. Ce mot reprit faveur en 1794, et servit à désigner ce qu'on appelait alors un jeune aristocrate, un contre-révolutionnaire. Les *muscadins*, au commencement de notre siècle, furent remplacés par les *incroyables*, ainsi nommés parce qu'on les entendait s'écrier à tout propos : *c'est vraiment* INCOYABLE[1]. Il y a lieu de croire, d'après l'application qu'on a toujours faite du mot *muscadin*, qu'il a été donné aux élégants et aux petits-maîtres à cause du *musc* dont ils faisaient usage dans leur toilette.

---

1. Les *Incroyables* avaient une grande répugnance pour certaines consonnes et surtout pour la lettre *r*, qu'ils supprimaient de presque tous les mots : « Ma'ame, disait l'un d'eux, je vous t'ouve v'aiment admi'able aujou'd'hui. »

N

NAGE (être en). Être en transpiration. *Eau*, venant du latin *aqua*, se disait autrefois *age* ; d'où il suit que, être en *age*, c'était être en *eau*, en transpiration. Lorsque le mot *age* cessa d'être en usage, on continua toujours à dire *être en age* ; seulement, l'orthographe s'altéra, et l'on écrivit *être en nage*, locution qui n'a plus de sens.

NITOUCHE (sainte). Personne hypocrite qui affecte un faux air de douceur et de simplicité. *Nitouche* est formé de *n'y touche*. On dit aussi *mitouche*, et qui revient au même, car *mitouche* est pour *mie-touche*, qui ne touche *mie*, c'est-à-dire point.

NOTAIRE. Fonctionnaire public chargé de la rédaction des contrats. Ce nom vient du latin *nota*, note, parce que, chez les Romains, les *notaires* étaient des teneurs de *notes* près les tribunaux ; c'étaient des sortes de sténographes. Autrefois, en

France, les *notaires* prenaient de simples *notes* des actes que l'on passait chez eux. Ce n'est que plus tard qu'ils les rédigèrent en la forme ordinaire.

NUIT BLANCHE. Nuit sans sommeil. Voici l'origine de cette expression. Le guerrier qui devait être armé chevalier passait la nuit qui précédait sa réception dans un lieu consacré, où il veillait auprès de ses armes. Il était revêtu d'un costume *blanc*, comme les néophytes de l'Église ; de là vint que cette nuit, qu'on nommait *veillée des armes*, fut aussi nommée *nuit blanche*, expression que l'usage a retenue pour signifier une nuit sans sommeil.

O

OGRE. Ce mot, qui est un épouvantail pour les petits enfants, tire son origine des *Hongrois*, appelés autrefois *Hongres*, *Ongres*, dont on a fait *Ogres*. Les invasions terribles de ces barbares qui, au Xe siècle, épouvantèrent nos pères ont sans doute donné naissance aux *ogres*, dont on a continué à parler au foyer de la famille.

Cette étymologie est contestée ; les uns font venir *ogre* du grec *agrios*, féroce ; d'autres le tirent d'un mot allemand qui signifie vorace, affamé.

ON. Ce pronom indéfini, qui marque l'universalité des personnes, sans distinction de genre ni de nombre, n'est qu'une altération du mot latin *homo*, homme. De *homo* on a fait successivement *home*, *hom*, *om*, *on*. Cette étymologie rend raison de l' qui précède quelquefois le pronom *on*. Ce n'est pas seulement une lettre euphonique, comme le *t* dans *dira-t-on*, c'est un véritable article précédant le substantif *on*, mis pour *homme*.

OURS (rue aux). Les noms de plusieurs rues de Paris offrent l'exemple de mots substitués à d'autres ; la rue nommée aujourd'hui rue aux *Ours* est dans ce cas. Au XIIIᵉ siècle, cette rue était habitée en général par des rôtisseurs, c'était la *rue où l'on cuit les oës*, la rue où l'on cuit les *oies* ; plus tard, elle fut simplement désignée par le nom de *rue as Oës, as Ouës*, ou *aux Ouës* ; c'est aujourd'hui la *rue aux Ours*.

OUTRECUIDANT, OUTRECUIDANCE. Voilà un vocable qui avait bien vieilli et qui était presque tombé en désuétude, quand il a plu aux *romantiques* de le rajeunir. Un *classique* ne l'emploie que discrètement ; cependant il est français, et il a même un petit parfum Moyen Âge qui ne déplaît pas. Il est formé de la préposition *outre* et de l'ancien verbe *cuider*, qui signifie *croire, penser, s'imaginer, présumer*.

> Tel, *comme dit Merlin*, cuide *engeigner*[1] *autrui*
> *Qui souvent s'engeigne soi-même.*

(La Fontaine)

L'*outrecuidance* est donc quelque chose comme une présomption excessive : *cuider n'est pas sçavoir*, disaient nos aïeux.

---

1. Tromper.

P

PAÏEN. Idolâtre des temps anciens. Ce mot vient du latin *pagus*, village, ou *paganus*, paysan, villageois, parce que lors de l'établissement du christianisme, les gens de la campagne conservèrent l'idolâtrie longtemps après la conversion des villes.

Fleury rapporte, dans son *Histoire ecclésiastique*, que Constantin, le jeune fils de Constantin le Grand, allant combattre Magnence qui s'était révolté, ordonna à ceux de ses soldats qui n'avaient pas reçu le baptême de le recevoir au plus tôt, déclarant que ceux qui ne le feraient pas n'avaient qu'à quitter le service et à retourner dans leur *pays*.

PANTALON. Vêtement qui va de la ceinture jusqu'aux pieds ; personnage bouffon du théâtre italien, qui se faisait remarquer par l'ampleur de cette espèce de vêtement. « Ce mot, dit Ménage, nous est venu d'Italie, où les Vénitiens, qui portent ces sortes de hauts-de-chausses, sont appelés par injure *Pantalone*, à cause de saint *Pantaléon*, qu'ils nomment *Pantalone* au lieu de *Pantaleone*. Ce saint était autrefois en grande vénération dans les États vénitiens ; et, par cette raison, un grand nombre d'habitants s'appellent *Pantaleone*, dans leurs noms de baptême : d'où ils furent tous appelés de la sorte par les autres peuples d'Italie. » On lit, dans la plupart des dictionnaires, que le mot *pantalon* vient directement du nom de saint *Pantaléon*, qui en aurait introduit l'usage à Venise : l'origine donnée par Ménage est beaucoup plus naturelle et plus vraisemblable.

PATAQUÈS (pas-t-à qui est-ce). Faute grossière de liaison dans la conversation, la lecture. Voici l'origine de ce mot. Un jeune homme se trouvait dans une loge du Théâtre-Français, à côté de deux dames d'une toilette fort brillante, mais dont la conversation répondait peu à leur parure. Ce jeune homme aperçoit à terre un mouchoir brodé, le ramasse, et s'adressant à l'une de ses voisines : « Madame, lui dit-il, ce mouchoir est sans doute à vous ? – Non, monsieur, répondit-elle, il n'est *poin-z-à* moi. – Il est donc à vous, madame, dit-il à l'autre. – Non, monsieur, répond celle-ci, il n'est *pa-t-à* moi. – Ma foi ! reprend le jeune homme, il n'est *pa-t-à* l'une, il n'est *poin-z-à* l'autre, je ne sais vraiment-z-alors *pa-t-à qu'est-ce*. » L'aventure fit grand bruit, et la réponse du jeune homme parut si plaisante que l'on donna le nom de *pa-t-à qu'est-ce* (pataquès) à toute liaison faite contrairement aux lois de l'usage, soit au moyen d'un *t*, soit au moyen d'un *s*.

Suivant Chevallet, l'Académie confond à tort, sous le nom de *cuir*, l'emploi vicieux de nos deux lettres euphoniques. Celui de l's est le seul qui se nomme *cuir*; celui du *t* s'appelle *velours*, et l'on comprend les *cuirs* et les *velours* sous la désignation générale de *pataquès*.

Les liaisons qui se font au moyen du *z* euphonique, sans l'autorisation de la grammaire, sont, dit-on, appelées *cuirs* en souvenir de certaine scène d'une petite pièce de théâtre dans laquelle un des acteurs, s'adressant à un coutelier, le prie de lui vendre un rasoir *avec-z-un cuir*. Quant aux liaisons illicites formées au moyen du *t*, je suppose qu'on les a nommées *velours* en comparant, par moquerie, leur fallacieuse douceur à celle de toutes nos étoffes qui est la plus douce et la plus moelleuse au toucher.

Enfin, selon quelques-uns, l'emploi fautif du *z* serait désigné sous le nom de *velours*, et les *cuirs*, au contraire, seraient produits par l'emploi fautif du *t*.

PATELIN. Homme mielleux, souple, artificieux, flatteur, insinuant pour tromper, pour en venir à ses fins. Ce mot est le nom même du principal personnage de la jolie farce de *Patelin*, composée vers la fin du XVe siècle par Pierre Blanchet, et remise au théâtre, sous le titre de l'*Avocat Patelin*, par Brueys et Palaprat. Patelin, dans la pièce, est un homme qui, par son adresse et ses manières insinuantes, parvient à enlever six aunes de drap à un marchand nommé Guillaume. Le nom de *Pate-*

lin est-il de l'invention de Pierre Blanchet, ou existait-il déjà ? Il est impossible de vérifier le fait, mais il suffit que la création du caractère appartienne à Pierre Blanchet : on peut dire qu'il a créé le mot en créant le personnage.

PATOIS. Langage grossier et corrompu, particulier aux paysans de certaines provinces. Mais si l'on considère que le *patois* ne consiste pas à mal parler la langue nationale, que c'est un langage ou le reste d'un langage propre à certains pays, le mot *patois* cessera d'être pris en mauvaise part. *Patois* doit donc signifier par lui-même *langage du pays* ; et comme on écrivait autrefois *patrois*, il est indubitable que ce mot vient du latin *patrius*, sousentendu *sermo*, langage de la patrie.

PAYSAN. Rustre, grossier dans ses manières. Ce mot, comme *manant*, n'a d'abord eu d'autre sens que celui d'*habitant du pays*. Il dérive de *pays*, qui vient du latin *pagus*, lequel, suivant quelques étymologistes, a été formé du grec *paga* pour *pégé*, fontaine, parce qu'on a coutume de placer les habitations, d'établir sa demeure auprès des fontaines ou des eaux.

PÉTAUDIÈRE. Lieu de confusion ; assemblée tumultueuse où chacun fait le maître. On dit, dans le même sens, la cour du roi Pétaud :

Chacun y contredit, chacun y parle haut,
Et c'est tout justement la cour du roi Pétaud.

(Molière)

Autrefois, en France, toutes les communautés, les corporations se nommaient un chef qu'on appelait roi. Les mendiants mêmes avaient le leur, auquel on donnait par plaisanterie le nom de *Pétaud*, du verbe latin *peto*, je demande. On juge bien qu'un pareil roi n'avait pas grande autorité sur ses sujets, et que sa cour ne pouvait être qu'un lieu de tumulte et de désordre.

PETIT-MAÎTRE. Jeune homme qui se fait remarquer par une élégance recherchée dans sa parure, par des manières dégagées et un ton avantageux.

On prétend que cette dénomination fut imaginée sous la régence d'Anne d'Autriche, pour désigner le prince de Condé, le prince de Conti, le duc de Longueville, le duc de Beaufort et quelques autres jeunes seigneurs, qui prétendaient enlever l'autorité au cardinal Mazarin et faire la loi en matière politique, comme ils la faisaient en matière de mode. Ce sont les prétentions des *petits-maîtres* qui ont amené la guerre de la Fronde.

PIED-PLAT. Terme de mépris par lequel on désigne un homme de basse naissance qui ne mérite aucune considération. Il est venu de ce que les paysans portaient autrefois des souliers *plats* et presque sans talons, tandis que les seigneurs avaient, comme signe de distinction, des souliers à talons hauts.

PIMBÊCHE. Racine a immortalisé ce mot dans sa comédie des *Plaideurs*, mais il ne l'a pas créé : aussi, quoique dans cette comédie il ait fait de sa *comtesse de Pimbêche* le type des plaideuses, il n'a pu faire perdre au mot *pimbêche* sa signification primitive. Une *pimbêche* est encore aujourd'hui *une femme acariâtre et précieuse*, une dame au *bec pincé*, car *pimbêche* n'est autre chose qu'une contraction de ces deux mots.

PIPE. Ce mot, en basse latinité *pipa*, paraît avoir désigné d'abord un roseau, un appeau avec lequel le chasseur imite les *pipies* des oiseaux pour les attirer et les prendre à ses gluaux ; de là les expressions de *piper*, *pipée*, *pipeau*, *piperie*, termes de chasse qui ont ensuite été employés dans le sens figuré avec une idée de tromperie. *Pipe* désignait aussi spécialement le petit tube avec lequel chacun des communiants aspirait le vin consacré. De là, nous avons conservé le nom de *pipes* aux tuyaux dont on se sert pour aspirer la fumée du tabac. Et comme les *pipeaux* étaient de forme oblongue, on a aussi donné le nom de *pipes* à ces tonneaux de forme oblongue qui nous viennent de l'Anjou et de la Guyenne.

PISTOLET. « A Pistoye, dit Henri Estienne, petite ville qui est à une bonne journée de Florence, se souloyent (*c'était une coutume de*) faire de petits poignards, lesquels estant apportés en France, furent appelés du nom du lieu, premièrement *pistoyers*, depuis *pistoliers*, et enfin *pistolets*.

« Quelque temps après, estant venue l'invention des petites harquebuses, on leur transporta le nom de ces petits poignards. Et ce pauvre mot ayant été ainsi *pourmené* longtemps, a été mené jusques en Espagne et en Italie pour signifier leurs petits *écus*[1] ; et croy qu'encore n'a-t-il *pas* faict (*fini*), mais que quelque matin les petits hommes s'appelleront *pistolets* et les petites femmes *pistolettes*. »

La plaisanterie d'Henri Estienne pourrait passer jusqu'à un certain point pour une espèce de prophétie, puisque nous entendons le peuple dire journellement *c'est un drôle de pistolet*, en parlant d'un homme qui se fait remarquer par quelque singularité.

---

1. Ce mot, employé ici par Henri Estienne, a besoin d'une explication. L'arme inventée à Pistoye s'appela d'abord *pistole* et désignait une longue arquebuse. C'est à cet état qu'elle passa d'abord en France : « Il est bien plus apparent de s'asseurer d'une épée que nous tenons au poing que du boulet qui s'échappe de nostre *pistole*. » (Montaigne.). « Bussy entra dans la grande chambre dorée, l'espée au poing, suivi des plus remuants des seize, armés de longues *pistoles* (Palma Cayet.) Les *pistoles* ayant diminué de longueur, elles furent désignées par le diminutif *pistolet*. Or, à la même époque, une monnaie d'Espagne, de la valeur de 20 francs, avait cours en France, mais d'une valeur beaucoup moindre : on l'appela *Pistole*.

PLATE (vaisselle). Plat, féminin *plate*, adjectif signifiant dont la surface est unie, sans inégalités, sans
élévation, et figurément sans sel, sans agrément,
sans noblesse, comme *un discours*, *un homme plat*,
vient du grec *platus*, large, ample, ouvert. Le substantif, *un plat de viande*, *de légumes*, etc., a la même
origine. De là, on a formé *plateau*, *platane*, etc.

Le mot *plate* dans *vaisselle plate* (en argent) a une
tout autre étymologie. Il vient de l'espagnol *plata*,
qui signifie argent. *Rio de la Plata*, fleuve de l'Amérique du Sud qui doit sa dénomination aux Espagnols, signifie littéralement *rivière d'argent*, soit à
cause de la limpidité de ses eaux, soit plutôt parce
qu'il roule des paillettes d'argent. *Platine* vient de
l'espagnol *platina*, diminutif de *plata*. On croyait
que ce métal n'était qu'une sorte d'argent, de
l'argent d'une qualité inférieure ; mais le creuset
ne tarda pas à démontrer le contraire. Le *platine*
vaut environ huit francs le gramme.

Suivant plusieurs étymologistes, le français ne
devrait rien ici à l'espagnol. Dans les langues du
Nord, et même aujourd'hui dans l'islandais, le mot
plata signifie lingot, argent massif. Il passa, un peu
altéré, dans notre vieux français. Pour dire de
l'argent massif, on disait de l'argent en *plate*.
D'après cela il est facile de voir comment la vaisselle massive dut s'appeler vaisselle *en plate*, puis
graduellement vaisselle *plate*.

POISSON D'AVRIL. Rien de plus connu que le sens
attaché à ce proverbe, mais rien de moins certain

que son origine. Le mois d'avril est le mois de la pêche, disent certains étymologistes. Or, qu'y a-t-il de plus incertain que la pêche ? Et que rapporte bien souvent le pêcheur dans son panier ? *Des poissons d'avril*. Selon d'autres, il faudrait attribuer l'origine de ce dicton au fait suivant. Charles III, duc de Lorraine, ayant cédé ses États à son frère le cardinal, celui-ci ne tarda pas à se montrer favorable à la maison d'Autriche. Richelieu, qui méditait la réunion de la Lorraine à la France, investit Lunéville, mit la main sur le nouveau duc et le fit incarcérer dans le château de Nancy. Mais le 1er avril 1634, le duc, trompant ses gardes, se sauva en traversant la Meurthe à la nage : ce qui fit dire aux Lorrains que c'était un poisson qu'on avait donné à garder aux Français. Par malheur, le dicton est antérieur à cet événement. L'explication la plus plausible serait celle-ci. *Poisson d'avril* dérive par corruption de *passion d'avril*. N'est-ce pas, en effet, le plus souvent dans ce mois que tombe le vendredi saint ? Et la manière dérisoire dont le Christ fut renvoyé d'Anne à Caïphe, de Caïphe à Pilate, de Pilate à Hérode, et d'Hérode à Pilate ne présente-t-elle pas précisément le caractère de la coutume que l'on appelle chez nous *poisson d'avril* ? « Ainsi, dit. M. Charles Rozan (les *Petites Ignorances de la conversation*), le *poisson d'avril* serait une parodie de la passion de Jésus-Christ. Si cette origine est la vraie, nous ne comprenons pas comment les sottes plaisanteries du 1er avril ont pu s'établir parmi les chrétiens. »

POLTRON. Pusillanime, sans courage. Les anciens étymologistes dérivent ce mot du latin *police truncus*, pouce coupé, parce que, disent-ils, ceux qui voulaient autrefois se soustraire au service militaire se coupaient le pouce. Cette étymologie ne saurait être admise, d'abord parce qu'elle est par trop ingénieuse ; en second lieu, parce qu'on ne voit nulle part dans l'histoire que des réfractaires se soient jamais avisés de se couper le pouce. D'autres se sont arrêtés à une étymologie moins recherchée ; ils ont fait venir *poltron* de l'italien *poltrone*, qui veut dire *lit de plume* ; ce serait alors une métaphore empruntée de la mollesse et de la pusillanimité du *poltron*. Suivant M. Génin, *poltron* est un mot français, le même que *poultrin*, nom qu'on donnait autrefois au petit d'une *poultre* ou cavale (en basse latinité *pullitra*). « Un *poltron*, *poultron*, dit-il, est donc ce petit poulain, *poultrin*, qui gambadant au soleil autour de la *poultre*, sa mère, s'effarouche de son ombre et dont le premier mouvement est toujours de s'enfuir. »

PORTE. Chez les anciens peuples latins, lorsqu'on dessinait l'enceinte d'une ville, on attelait un taureau et une vache à la même charrue et l'on traçait un sillon circulaire qui en déterminait l'étendue. Quand on arrivait au lieu marqué pour servir d'entrée on soulevait la charrue et on la *portait* plus loin : de là vient, dit-on, le nom de *portes*, que l'on donne aux entrées des villes ainsi que des maisons.

PORTER (prononcez *porteur*). Sorte de bière anglaise que l'on fabrique avec de l'orge grillée. Voici l'origine de ce mot :

Un incendie avait détruit une brasserie de Londres, et parmi les débris se trouvait une grande quantité d'orge que le feu avait rôtie. Le maître de l'établissement donna cette orge à ses ouvriers, à ses *porteurs*, qui en firent une bière à laquelle on trouva une qualité supérieure. Bientôt on se mit à fabriquer partout de la bière avec de l'orge grillée ; et en souvenir de cette découverte, on lui donna le nom de *porter*, mot anglais qui a le même sens que notre mot *porteur*.

POUILLES (chanter). L'étymologie de cette locution vulgaire nous semble moins problématique que beaucoup d'autres du même genre. Selon nous, le mot *pouilles*, comme *pouilleux* (qui a des poux), *pouiller* (chercher des poux), *se pouiller* (se chercher mutuellement des poux à la tête, c'est-à-dire s'adresser mutuellement des personnalités offensantes), vient tout bonnement de *pou*, qui s'écrivait primitivement *pouil*, orthographe plus conforme à l'étymologie latine, *pediculus*. Si, en effet, *chercher des poux à la tête de quelqu'un*, c'est lui chercher des défauts pour en faire le sujet de remarques blessantes, le mot *pou* a bien pu devenir, au figuré, synonyme de *personnalité injurieuse*. De là, *pouilles, chanter pouilles*, et même, ce qui confirmerait tout à fait notre assertion, *dire des pouilles*. Voltaire et Mme de Sévigné ont donné l'exemple de cette dernière façon de parler : *ils se sont dit mille pouilles, toutes les pouilles imaginables.* Voltaire va même plus loin : « Un peu de maladie m'a privé de la consolation de vous écrire des *pouilles*. »

Cependant M. Génin, dans ses *Récréations philologiques*, traite de *ridicule* la prétention de faire venir *pouilles* de *pou*. Voici à quel titre cet érudit-amateur se croit permis de *chanter pouilles* aux autres dans une matière aussi conjecturale que celle des étymologies. « *Pouille*, dit-il, est la traduction en orthographe moderne de *poulie*, dans le latin du Moyen Âge *polia*. Cette notation *poulie* sonnait *pouille*. Mais que signifiait *poulie* ? Ce mot avait deux sens. D'abord le sens demeuré en usage. *Chanter poulie à quelqu'un* serait donc l'injurier d'une voix aigre et criarde, comme celle d'une poulie qui grince dans sa chape rouillée. C'est possible, ajoute-t-il, mais je ne crois pas que ce soit vrai. J'aime mieux trouver l'étymologie dans l'autre sens de *poulie*, étable à loger les chevaux (*pullus, pulla, pullitra* – les *ll* mouillées –, poulain, pouliche). *Rue des Poulies-du-Louvre*, c'est-à-dire des écuries du Louvre, comme il y a la rue des Écuries-d'Artois ; *rue des Vieilles-Poulies*, rue des vieilles écuries. On prononçait : *des pouilles du Louvre*, des *vieilles pouilles. Chanter pouille* est donc proprement *chanter écurie*, gourmander brutalement, grossièrement, en style d'écurie ou de palefrenier. »

Tout cet étalage d'érudition ne soutient pas l'examen. Premièrement, *poulie*, dans le sens de roue mue par une corde passée dans sa rainure, est un mot d'origine germanique : en allemand, *spull* ; en anglais, *spool*. Ce mot n'a donc rien de commun avec *pouille*, quand même la prononciation eût été autrefois la même. Secondement, où M. Génin a-t-il vu que *poulie* fût synonyme d'écurie ? Il cite pour exemple la *rue des Vieilles-Poulies* ; mais qui lui a dit que le nom de cette rue peut se traduire en celui de *rue des Vieilles-Écuries* ? Ce n'est ni Du Cange, ni Ménage, ni personne.

Maintenant, le mot *pouilles* peut-il prendre le singulier ? Comme une *pouille* en appelle toujours une autre, qu'elle ne va jamais seule, le Dictionnaire de l'Académie a pu dire que ce substantif n'avait pas de singulier, *sans prendre cela sous son bonnet*, pour parler comme l'auteur des *Récréations philologiques*.

PRÉCIEUSE. Femme affectée dans son langage et dans ses manières. Ce mot, qui vient de *pretiosus*, utile, de grand prix, n'a pas toujours, ainsi que l'indique du reste son étymologie, été employé dans un sens défavorable. Avant que Molière eût composé sa comédie des *Précieuses ridicules*, les mots *précieux* et *précieuse* se prenaient toujours en bonne part. Quand on voulait faire une galanterie à une dame, on lui disait qu'elle était une *précieuse*. Segrais, dans des vers adressés à la duchesse de Châtillon s'exprimait ainsi :

> *Obligeante, civile et surtout* précieuse,
> *Quel serait le mortel qui ne l'aimerait pas ?*

Il parut même, en 1661, un dictionnaire des *précieuses*, dans lequel l'auteur comprit les femmes les plus illustres de son siècle. Mais, après le succès de la comédie des *Précieuses ridicules*, les femmes les plus accomplies ne voulurent plus être appelées *précieuses*, dans la crainte qu'on n'y associât l'épithète de *ridicules*. Molière prévenait cependant dans sa préface que les véritables *précieuses* auraient tort de se fâcher, son intention n'étant que de jouer les fausses *précieuses* qui, en cherchant à les imiter, se rendaient ridicules.

PUNCH. Eau-de-vie ou toute autre liqueur brûlée, aromatisée, sucrée. Ce mot et cette boisson nous viennent des Anglais, qui les ont eux-mêmes empruntés aux Hindous vers la fin du dix-septième siècle. Ils préparaient cette liqueur avec de l'arack, du thé, du sucre, de l'eau et du citron, c'est-à-dire au moyen de *cinq* ingrédients. Le mot hindou *pantsche* signifie *cinq*, *punch* n'en est que la corruption.

Q

QUIPROQUO. Substantif formé de trois mots latins, *quid pro quod*, ceci pour cela, une chose pour une autre. On prétend que les médecins du XIVe siècle mettaient ces mots dans leurs ordonnances, en tête d'une colonne particulière où ils indiquaient diverses drogues propres à être substituées à d'autres, dans le cas où celles-ci viendraient à manquer. Comme ces substitutions donnaient souvent lieu à de graves méprises chez les apothicaires, les trois mots *quid pro quod* n'en ont plus formé qu'un seul, qui signifie la méprise d'une personne qui prend *quid pro quod*, c'est-à-dire une chose pour une autre.

QUINZE-VINGTS (trois cents). Cette expression date de l'époque où l'on avait l'usage de compter par vingtaines.

Ce mot a depuis longtemps cessé d'exister comme terme de numération ; il ne sert plus qu'à désigner l'établissement que Saint Louis fonda, au retour de la croisade, pour *trois cents* gentils-hommes auxquels les Sarrasins avaient crevé les yeux. On donne ainsi le nom de *Quinze-vingts* aux pensionnaires de cet établissement ; bien que leur nombre soit aujourd'hui plus considérable qu'à l'origine.

QUOLIBET. Plaisanterie basse et triviale, mauvais jeu de mots. Au Moyen Âge, les scolastiques, qui étaient les savants de l'époque, se piquaient de tout savoir et de discourir sur n'importe quel sujet. Aussi donnaient-ils à leurs ouvrages le titre de *quod libet* (ce qu'il plaît, ce qu'on veut). Mais, à mesure que la véritable instruction fit des progrès, ce titre fastueux tomba dans le mépris, et le mot *quod libet*, qu'on écrit aujourd'hui *quolibet*, ne servit plus qu'à désigner une méchante plaisanterie, un pitoyable jeu de mots.

R

RADOTER. Nos pères avaient l'expression *redos*, synonyme de notre mot *recul*. On disait marcher à *redos*, c'est-à-dire *à reculons*. De *redos*, on a fait le verbe *redoter*, *radoter*, pour dire que l'on déraisonne de vieillesse, que l'on *recule* vers l'enfance. *Radoter* avait même la forme réfléchie *se radoter*. « Le pauvre homme *se radote* », lit-on dans Amyot.

Quelques étymologistes, plus amis du plaisant que du sérieux, font venir le mot *radoter* du nom d'*Hérodote*, historien grec fort estimé d'ailleurs, mais qui sème ses récits de toutes les fables qu'il a recueillies dans ses voyages.

RIPAILLE (faire). Cette locution pittoresque tire son origine du château de *Ripaille* où Amédée VIII, dernier comte et premier duc de Savoie, se retira en 1469 sur les bords du lac de Genève, pour y vivre en ermite (ordre de Saint-Maurice), mais où il ne cessa pas d'entretenir, en compagnie de quelques seigneurs, une table somptueusement servie. De là est venue la locution *faire ripaille*, pour dire faire bonne chère. Si cette tradition n'est pas authentique, elle est du moins fort ancienne, et n'a jamais été contestée.

RODOMONTADE. Un *rodomont* (pour ronge-mont) est un homme qui se vante pour intimider, fanfaron. C'est le nom d'un personnage aussi insolent que brave, dans le poème du *Roland furieux* par l'Arioste.

RUBRIQUE. Quelle est l'étymologie de *rubrique* dans le sens qu'on donne le plus communément à ce mot, c'est-à-dire quand il signifie ruses, détours, finesses ? Pour répondre à cette question, nous sommes obligés de faire l'histoire, du reste assez curieuse, de cette expression. *Rubrique*, dans quelque acception qu'il soit employé, vient du latin *ruber*, rouge. À son origine française, ce mot servit à désigner une espèce de terre rouge dont les chirurgiens se servaient pour étancher le sang, ainsi que cette craie rouge dont les charpentiers frottent la corde avec laquelle ils marquent ce qu'il faut ôter de la pièce de bois à équarrir. Lors de l'invention de l'imprimerie, on imprima en rouge tout ou partie des titres des ouvrages, et, par suite, on donna le nom de *rubrique* à ces titres et, en général, à toutes les lettres rouges contenues dans un livre. Le nom de l'endroit où le livre était publié étant imprimé également en rouge, le mot *rubrique* servit aussi à indiquer le lieu de la publication d'un ouvrage. Or, à cette époque où l'imprimerie était entourée d'entraves, beaucoup de livres imprimés en France portaient la *rubrique* de Genève, de La Haye, de Londres. Cette *ruse* était généralement en usage au XVIe et au XVIIe siècle. De là *rubrique* signifia figurément et familièrement détour, adresse, finesse. Enfin, en terme de journalisme, *rubrique* se dit, par extension, du titre qui indique le lieu d'où une nouvelle est venue ou plutôt d'où l'on suppose quelle vient. Ainsi on dit : tel fait est sous la *rubrique* de Madrid, de Vienne, etc.

S

SAC. Le mot *sac* est dans toutes les langues, tant mortes que vivantes : *sak* en hébreu, *sakkos* en grec, *saccus* en latin, *succo* en italien, *sack* en anglais et en allemand, etc. Un certain poète bougon, qui vivait à Rome il y a près de sept cents ans, explique plaisamment dans une de ses pièces la raison de l'universalité de ce mot. Ceux, dit-il, qui travaillaient à la tour de Babel avaient, comme nos manœuvres, chacun un *sac* pour mettre leurs petites provisions. Mais quand le Seigneur confondit leurs langues, la peur les ayant pris, chacun voulut s'enfuir et demanda son *sac*. On ne répétait partout que le mot *sac*, et c'est ce qui fit passer ce terme dans toutes les langues qu'on parlait alors.

SAC. Pillage d'une ville et massacre de ses habitants. Ce mot vient du tudesque *sax* ou *sacks*, qui signifie dague, poignard, et, avec une légère modification, pillard, brigand, voleur, d'où *saxman* pour meurtrier, et *saxon*, pour désigner un peuple habile à se servir du poignard. De là sont venues les manières de parler : *gens de sac et de corde* ; *saccager un pays*, etc.

SACRE. On dit, en parlant d'un homme de méchante vie et de mauvaises manières : c'est *un sacre, un vrai sacre* ; *il s'est conduit comme un sacre.* Quelques personnes ajoutent : *jurer comme un sacre.* M. Francis Wey fait venir toutes ces façons de parler de *sacre*, oiseau de proie, mais il ne suppose cette étymologie que pour la critiquer ; car, ajoute-t-il, un *sacre* ne jure pas plus qu'une oie et qu'un tiercelet. Génin est aussi de cet avis ; mais, plus explicite, il donne l'étymologie de *sacre*, qu'il tire du latin *sacer*, impie, sacrilège, maudit. Ainsi, *jurer comme un sacre* équivaudrait à *jurer comme un damné*. À son avis, l'*auri sacra fames* de Virgile corrobore cette étymologie.

Nous croyons que *sacre* vient du vieux germanique *sacks*, couteau, poignard, épée, et qu'il a, par conséquent, la même origine que *sac* (homme de sac et de corde), *saccager*, etc. *Sacripant*, l'un des héros du poème de l'*Arioste*, pourrait aussi provenir de la même source. Alors, *jurer comme un sacre*, ce serait *jurer comme un homme d'épée*, *un bretailleur.*

SAVON (passer un). Adresser un reproche à quelqu'un, le laver de quelque souillure morale. Dans l'origine, ce fut en donnant ou en exprimant l'intention de donner un morceau de *savon* à quelqu'un que les femmes enseignaient la propreté du corps. Recevoir un morceau de *savon* de la main d'une femme, c'était un cruel affront et une sévère leçon de propreté. La locution a passé de l'ordre matériel dans l'ordre moral, en conservant sa signification.

SENS DESSUS DESSOUS. On trouve dans nos anciens auteurs les locutions *mettre, tourner ce dessus dessous*, ou bien *ce en dessus dessous*, et encore *c'en dessus dessous*, c'est-à-dire mettre, tourner dessus *ce* qui est en dessous. Dans la suite, nos grammairiens, ne comprenant plus ces locutions, se sont évertués à qui mieux mieux à les défigurer. Les uns ont pris *c'en* pour la préposition *sans*, et ils ont écrit *sans dessus dessous* ; les autres ont pris *c'en* pour le substantif *sens*, synonyme de côté, et ils ont écrit *sens dessus dessous*. C'est cette dernière orthographe qui est aujourd'hui consacrée.

SILHOUETTE. Ce mot vient d'Étienne de *Silhouette*, contrôleur des finances sous Louis XV. Ce genre de dessin, qui consiste à représenter un profil tracé autour d'un visage, au moyen de l'ombre qu'il projette à la clarté d'une lumière quelconque, était connu des anciens, mais le nom est tout moderne. Les réformes financières d'Étienne de Silhouette ayant paru mesquines et ridicules, la caricature s'en empara, et l'on nomma *silhouettes* ces ébauches où l'on se contentait d'indiquer par un simple trait le contour des objets. On donne aussi le nom de *silhouettes* à des portraits découpés avec des ciseaux dans du papier noir.

SIMONIE. Trafic honteux et illicite des choses spirituelles, telles que les sacrements, les fonctions ecclésiastiques, etc. L'origine de ce mot remonte à *Simon* le Magicien dont il est parlé dates les *Actes des Apôtres*, et qui, au rapport de saint Luc, voulut, avec de l'argent, acheter la puissance spirituelle de faire des miracles.

SINISTRE. Ce mot vient du latin *sinister*, qui signifie gauche. Les Romains regardaient comme défavorable tout présage qui apparaissait à leur *gauche*.

SOLÉCISME. Faute grossière contre la syntaxe ou la construction d'une langue. Ce mot vient du grec *soloikismos*, qui signifie manière de parler particulière aux habitants de la ville de *Soles*. *Soles* était un pays d'Asie où étaient venus s'établir des colons athéniens. Ils perdirent avec le temps la pureté de leur langue primitive ; si bien que les habitants de la métropole, voulant désigner un Grec dont le langage était incorrect, disaient qu'il parlait comme un habitant de *Soles*. Telle est l'origine du mot *solécisme*.

SOSIE. Homme parfaitement ressemblant à un autre. Ce nom est celui d'un personnage de la comédie de l'*Amphitryon* de Plaute et de Molière. Mercure prend la ressemblance exacte de *Sosie*, et il en résulte une foule de quiproquos et de scènes comiques.

SOUCI. Cette fleur qui, dans le langage des fleurs, est l'emblème du *chagrin*, n'a obtenu ce triste honneur que grâce à un calembour. Son nom en patois est *soucicle*, mot parfaitement conforme à l'étymologie (*solis cyclus*, cercle du soleil) ; car cette fleur, aux pétales rayonnants, dont le calice doré brille de tous les feux du soleil, justifie parfaitement son nom. De *soucicle* que l'on ne comprenait pas, on a fait *souci*, et par un jeu de mots aussi heureux que celui qui a fait de saint *Roch* le patron des tailleurs de *pierres*, on a établi une sorte de solidarité entre cette jolie petite fleur et un mot de mauvais augure.

STYLE. Les anciens n'avaient ni plumes, ni encre, ni papier. Ils se servaient d'écorces d'arbres ou de tablettes de cire, sur lesquelles ils gravaient avec un burin qu'ils appelaient *style* ou *stylet*. Un des bouts de ce *style* ou *stylet* était plat et l'on s'en servait pour effacer ce qu'on voulait changer. C'est en ce sens qu'Horace a dit : « *Sœpe stylum vertas.* » Retournez souvent votre *stylet*. Ce que Boileau a traduit ainsi :

En transportant la signification de la cause à l'effet, *style* est employé aujourd'hui pour indiquer la manière, le ton, la couleur qui règnent dans les ouvrages d'esprit ou d'art. On dit un bon, un mauvais *style* comme nous disons une bonne, une mauvaise plume. L'aiguille d'un cadran solaire et certaine partie du pistil, appelé *style*, ont la même origine.

SYBARITE. Homme livré à la mollesse et à la volupté ainsi nommé par allusion aux habitants de *Sybaris*, ville de l'Italie ancienne, fameux par leur oisiveté et leur mollesse excessive.

T

TAFFETAS. Ce mot, qui désigne un tissu léger fortement lustré et gommé, est formé par onomatopée. Quand cette étoffe est agitée, elle fait entendre un bruit assez bien imité par les deux syllabes *taf taf*, qui, selon l'opinion de tous les étymologistes, ont servi à composer le mot *taffetas*. Dans un ouvrage du XVe siècle, qui a pour titre *Les Fous du monde*, on lit que les dames portaient des ceintures de *taffe-taffe*.

TANTE. Ce mot vient du latin *amita*, dont on a fait *ante*, puis *tante*, par l'addition d'un *t*. Il est probable que nous devons le *t* initial de *tante* à ce que l'on entendait souvent sonner devant le mot *ante* un *t* final appartenant au mot précédent. L'expression fort usuelle *grand'tante*, que l'on écrivait et que l'on prononçait *grant ante*, se trouve précisément dans ce cas. On aura pris le *t* final du mot qui précédait *ante* pour la première lettre de ce substantif, parce que cette consonne servait de liaison entre les deux mots *gran-t-ante*.

TARTUFE. Hypocrite, faux dévot. C'est le titre d'une des meilleures comédies de Molière, d'après le nom du principal personnage. Ce mot vient de l'ancien français *truffe*, tromperie ; *truffer*, tromper ; *truffeur*, trompeur (mot tiré du grec *trophé*, tour de finesse).

> *On se* truffe *moult bien de toi.*
>
> (Froissart)

> *Bien, vois que vous m'allez* truffant,
> *Vous me cuidez pour jeune enfant.*
>
> (Fabliau du XIVe siècle)

> « *Il commence à* truffer *et moquer, maintenant les uns,*
> *maintenant les autres, avec brocards aigres et piquants.* »
>
> (Rabelais)

Ainsi toutes les histoires qu'on a faites sur le nom de *Tartufe*, créé par Molière, sont sans fondement. Molière n'est pas allé chercher le nom de son héros dans le cryptogame du Périgord ; il s'est inspiré purement et simplement du génie de notre langue pour trouver un mot analogue au caractère du principal personnage de sa comédie, et il est peu probable qu'on ait donné à un hypocrite, à un homme trompeur, le nom de *tartufe*, parce qu'un trompeur serait aussi difficile à pénétrer que les *truffes*[1], qu'on ne trouve et qu'on ne découvre qu'avec beaucoup de difficultés.

TIRE-LARIGOT (boire à). Expression proverbiale populaire, pour dire boire à longs traits et beau-

---

1. Nos pères disaient *tartuffe* pour *truffe*.

coup. Nous allons rapporter tout ce qui a été écrit sur l'origine de cette locution pittoresque. Au XIIIe siècle, un archevêque de Rouen, nommé Odon Rigault, fit don à cette ville d'une cloche d'une grosseur prodigieuse. Cette cloche, appelée la cloche Rigault, et, par abréviation, *la Rigault*, ne pouvait être mise en mouvement sans de grands efforts. Les sonneurs, qui s'échauffaient beaucoup, buvaient en proportion ; ils buvaient à *tire la Rigault*, d'où l'on fut amené à regarder les grands buveurs comme gens qui auraient *tiré la Rigault*. Rabelais, sans doute pour renchérir sur cette étymologie, dont il se moquait, fit venir cette expression du roi des Goths Alaric. Les soldats de ce chef barbare portaient, dans leurs orgies, une sorte de toast à leur roi, se disant les uns aux autres : « *Je bé a ti, rei Alaric Goth.* » D'autres croient que la véritable étymologie de ce mot est *larynx, laryngos*, qui signifie gosier, et qu'ainsi *boire à tire-larigot*, c'est boire à tire-gosier. Enfin Ménage, et Ménage pourrait bien avoir raison, fait venir cette locution du vieux mot français *larigot*, qui signifiait une flûte :

Faire sauteries bœufs au son du larigot.

(Ronsard)

Comme on fabriqua dans la suite de longs verres en forme de flûte, de *larigot*, dans lesquels on buvait, on *flûtait* à grandes lampées, on en vint à dire *boire à tire-larigot*, comme on a dit depuis boire à tire-flûte ou flûter.

TOAST. Mot anglais que nous prononçons *toste* et qui signifie une *rôtie*. Il se dit de la proposition de boire à la santé d'une personne absente, à l'accomplissement d'un vœu, au souvenir d'un événement.

Anciennement, en Angleterre, la personne qui portait une santé à la fin d'un repas mettait une croûte de pain rôtie dans son verre. Après avoir fait le tour de la table, le verre revenait au premier convive, qui buvait la liqueur et mangeait la rôtie : l'usage de la rôtie a passé ; mais le mot qui l'exprimait a été conservé.

TOLLÉ. Cri de réprobation, de malédiction, synonyme de *haro*, et qui s'emploie dans les expressions *soulever un tollé général, un tollé universel*, etc. Ce mot est emprunté à l'Évangile. Pilate, convaincu de l'innocence de Jésus mais n'osant résister à la fureur des Juifs qui exigeaient sa condamnation, essaya, à plusieurs, reprises, de les calmer. Enfin il monta sur son tribunal et leur présentant de nouveau Jésus, il leur dit : « Voilà votre roi. » Alors ils se mirent à crier : « *Tolle, tolle*[1], ôte-le, ôte-le, et qu'il soit crucifié. » Notre vieux langage avait aussi le verbe *toller, tollir*, pour signifier ôter :

« *Nous fut* tollué *la vue de la terre.* »

(Joinville)

---

1. *Tolle* est l'impératif de l'infinitif latin *tollere*, ôter.

« *Et encore y avait-on si grand'rage de famine, que l'un le tolloit des mains de l'autre.* »

(Froissart)

« *Appelez-vous nous défendre* tollir *nos privilèges ?* »

(Régnier de la Planche)

TREMPER (son vin). On s'imagine que *tremper son vin* c'est le mouiller ; erreur évidente. *Tremper*, dans cette expression, vient du verbe latin *temperare*, tempérer. Au Moyen Âge, on écrivait généralement *temprer*, et par suite de la transposition de la lettre *r*, on a écrit *tremper* ; de même que l'on a *trombe* de *turbo*, pour *de pro*, *Durande* de *Druantia*, *brebis* de *vervex*, *fromage* de *formaticum*. On trouve dans Joinville, historien de Louis XI, des exemples de *temprer* et de *tremper*. On disait également *temperare ferrum*, *tempérer du fer*, c'est-à-dire le rendre plus élastique en le plongeant dans l'eau à l'état d'incandescence. On dit aujourd'hui *tremper du fer*.

TRINQUER. Boire en choquant les verres et en se provoquant. L'usage de *trinquer* nous vient, ainsi que le mot, des anciens peuples de la Germanie. Les Francs avaient l'habitude de se provoquer à boire en se portant des toasts. Cet usage dut sans doute son origine à un sentiment de bienveillance, mais il dégénéra par la suite en véritable abus. Celui qui portait un toast à un autre finit par se persuader qu'on était obligé de lui en faire raison, et regarda un refus comme une marque de mépris. De là des querelles qui, à force de se renouveler, donnèrent naissance à des lois, qui interdisaient formellement aux soldats de se provoquer à boire les uns les autres.

Celui qui portait un toast à quelqu'un lui disait : « *Wis hail* », à votre santé ; celui qui faisait raison du toast répondait : « *Trinke heil* », je bois à votre santé. Les Allemands disent encore *trincken*, boire ; les Anglais, *to drink*.

V

VEINE. Ce mot vient du bas latin *vena*, pour *venna* qui signifiait chemin. Le mot *artère* est employé dans une expression toute semblable quand on dit : *les grandes artères de la circulation d'un pays*, pour désigner les principales voies de communication de ce pays. Notre mot *venelle* signifiait autrefois petit chemin, sentier, ruelle. Et La Fontaine, si profondément versé dans le vieux français, n'en ignorait quand il a dit :

> *... Et le cheval, qu'à l'herbe on avait mis,*
> *Assez peu curieux de semblables amis,*
> *Fut presque sur le point d'enfiler la* venelle.

VIANDE. Le mot *viande*, dérivé du latin *vivanda*, l'une des formes barbares de *vivere*, vivre, se prenait pour aliments, provisions de bouche en général, avant d'avoir le sens particulier que nous lui donnons aujourd'hui. Nous n'en citerons qu'un exemple tiré d'un vieux poète :

> *Aux petits des oiseaux il donne la* viande.

Racine n'a eu qu'à changer le dernier mot, qui avait vieilli, pour faire le vers que tout le monde sait :

Aux petits des oiseaux il donne leur pâture.

VILAIN. Qui déplaît à la vue. On appelait autrefois *villa* les habitations qui étaient situées en dehors de la cité, c'est-à-dire de l'habitation des bourgeois. Les habitants, pour la plupart colons et cultivateurs, s'appelaient *vilains*. Cette dénomination devint par la suite celle de tous les gens de condition inférieure, de tous les roturiers.

VILLE. Ce mot a aujourd'hui une signification bien différente de son sens primitif. La *ville* n'était d'abord qu'un hameau, qu'un village dépourvu de tout moyen de défense. Le *bourg* (d'où est venu *bourgeois*) était une réunion de maisons plus considérable que la *ville* ; il était défendu par un château, et quelquefois par un mur d'enceinte.

On appela également *ville* l'ensemble des villages ou hameaux qui se groupaient autour de la cité et qui en formaient ce que nous appelons aujourd'hui les *faubourgs*. La cité était la partie centrale dans laquelle se trouvait la métropole. Ces faubourgs, augmentant continuellement d'étendue et d'importance, resserrèrent la cité de tous les côtés, et finirent par l'étouffer entre les murailles qui gênaient son développement. Alors l'accessoire étant devenu le principal, on appela *ville* l'ensemble formé par la ville proprement dite et par la cité.

VIOLON (mettre au). On appelle vulgairement *violon* une petite chambre contiguë à un corps de garde, et servant de prison momentanée pour les délinquants ou malfaiteurs arrêtés pendant la nuit par une patrouille. Quel rapport, se demande-t-on naturellement toutes les fois qu'on entend cette locution, peut-il y avoir entre une prison de corps de garde et l'instrument de musique qu'on appelle *violon*? Car la difficulté est là, et point ailleurs. Il est certain, en effet, que le mot *violon* n'ayant qu'une seule acception et servant uniquement à désigner un instrument de musique particulier, c'est dans la ressemblance que peut avoir cet instrument, par un côté quelconque, avec une prison de corps de garde qu'il faut chercher la solution de la question. Or, ne dit-on pas tous les jours qu'un homme a été *coffré*, pour faire entendre qu'il a été mis en prison, c'est-à-dire enfermé dans un lieu qui n'est pas plus grand qu'un *coffre* et où l'on n'a pas ses coudées franches. Nous croyons donc, sans chercher plus loin, que *mettre au violon* n'est qu'une variante de *coffrer*, un violon étant une boîte étroite et percée de deux petites ouvertures, qui donne, mieux encore qu'un coffre, l'idée de la gêne qu'un prisonnier doit éprouver entre les quatre murs d'une cellule où le jour entre à peine.

De toutes les autres étymologies qu'on a proposées pour expliquer la locution qui nous occupe, nous ne citerons que la dernière, puisqu'elle implique naturellement qu'aucune des précédentes n'a tranché la question ; c'est celle de M. Génin, auteur qui a d'ailleurs fait une trop grande dépense d'érudition pour qu'on ne lui en sache pas gré, bien que sa conclusion ne nous paraisse pas renfermée dans les prémisses. « Il est constant, dit-il, qu'au Moyen Âge on disait, au lieu de *mettre au violon*, *mettre au psaltérion*, c'est-à-dire mettre aux sept psaumes de la pénitence, mettre en un lieu où l'on a tout le temps de méditer sur ses sottises, et de s'en repentir. » Nous passons tout ce qui regarde l'histoire du *psaltérion*, pour arriver à la conclusion. Or, après avoir fait remarquer que le mot *psaltérion* était aussi le nom d'un instrument de musique, M. Génin ajoute : « Naturellement le double sens du mot *psaltérion* prêtait à l'équivoque, au jeu de mots ; et le bon peuple gaulois, railleur de sa nature, et qui a toujours aimé le calembour, n'a pas manqué celui-là. Il y a si bien tenu, que voyant le *psaltérion* (c'est-à-dire l'instrument de musique de ce nom) passer de mode, il a baptisé la prison à laquelle on donnait le même nom de celui de l'instrument qui avait remplacé le *psaltérion* dans la faveur publique : le *violon*. Les tapageurs ramassés par le guet du Moyen Âge allaient passer la nuit au *psaltérion* ; au XIXe siècle, ils vont la passer au *violon*. » Tout cela, dirons-nous, est fort bien devisé ; mais M. Génin n'a oublié qu'une chose, c'est de nous faire connaître le jour et l'heure où *le bon peuple gaulois*, *railleur de sa nature*, s'est avisé de remplacer le mot *psaltérion*, comme une vieille défroque, par le mot *violon*.

Index

RÉALISATION : IGS-CHARENTE-PHOTOGRAVURE À L'ISLE-D'ESPAGNAC

GROUPE CPI

Achevé d'imprimer en mars 2007
par **BUSSIÈRE**
à Saint-Amand-Montrond (Cher)
N° d'édition : 93247. - N° d'impression : 70267.
Dépôt légal : avril 2007.
Imprimé en France